秘境之旅

内蒙古诗篇

◎ 安琪 著

内蒙古人民出版社

U0105169

图书在版编目（CIP）数据

秘境之旅：内蒙古诗篇／安琪著. — 呼和浩特：
内蒙古人民出版社，2021.10（2022.1 重印）
ISBN 978-7-204-16748-7

Ⅰ. ①秘… Ⅱ. ①安… Ⅲ. ①诗集–中国–当代
Ⅳ. ①I227

中国版本图书馆 CIP 数据核字（2021）第 082272 号

秘境之旅：内蒙古诗篇

作　者	安　琪
责任编辑	王　静　董丽娟
封面设计	安立新
出版发行	内蒙古人民出版社
地　址	呼和浩特市新城区中山东路 8 号波士名人国际 B 座
网　址	http://www.impph.cn
印　刷	内蒙古恩科赛美好印刷有限公司
开　本	640mm×960mm　1/16
印　张	12.25
字　数	200 千
版　次	2021 年 10 月第 1 版
印　次	2022 年 1 月第 2 次印刷
印　数	2001—4000 册
书　号	ISBN 978-7-204-16748-7
定　价	18.00 元

如出现印装质量问题，请与我社联系。
联系电话：(0471)3946230 3946120

目录

安琪诗歌地理中的内蒙古风物

赵卡

应邀为安琪这部内容充实而形式略显复杂的诗集撰写一个序，我一开始是忐忑不安的，就像 T·S·艾略特当年为"近似圣徒的天才"西蒙娜·薇依的《对根的需要》作序时说过的那句谦卑的话一样："我缺乏这些资格。"但我坚信，这部诗集对内蒙古诗人具有非常重要的启示意义。而且从 T·S·艾略特说过的另一句话——"应由某个认识她的人撰写"来看，我是地地道道的内蒙古人，也认识安琪，所以我就没必要推辞了。

仅从诗的主题来看，安琪的诗集《秘境之旅：内蒙古诗篇》是一部不折不扣抒写内蒙古风物地理的诗集。但一个区外诗人，专门为他乡写一部诗集，在我看来还真是头一遭。需要在此说明的是，我在这里所用的"地理"一词是广义的，不是指研究地球表层现象的那个学科，是就其表面意思而言的。

诗人安琪有"诗游狂热症"，常携诗情饱游（游历、游学、游玩、游荡、游走）各省市区的山河胜地和穷街陋巷，亦多留下出色诗篇，唯独这本以内蒙古风物地理为主题的诗集别具一格。她可能不知，"内蒙古诗歌"是一个"饱和"了的概念，"饱和"在此表示过多、剩余的意思，指一种地方性现象。她以一个异乡人的视角重新定义那些被内蒙古本土诗人持续书写的事物，由此体现内蒙古诗篇的丰富性和多样性，这是可堪欣喜的。安琪对内蒙古的激情和善意，似可代表诸多区外诗人对内蒙古这片灵感丰盛之地的无限深情。

内蒙古是我国土地面积最大的边地省区之一（排名第三），地形呈狭长状，煤、林、粮、畜、河、沙等资源富集，从东到西的风物地理也差异巨大，闻所未闻的故事从古至今在此繁衍不息。对任何一个不带偏见且想写好"内蒙古诗歌"的诗人来说，他的文字若有一定张力，此地必出烧脑之作。安琪的《秘境之旅：内蒙古诗篇》即是如此。

安琪的诗向来庞杂，并有那么一些松散和怪异，甚至深奥，可以称之为具有安琪风格的东西——她的每一首诗里几乎皆有令人存疑亦令人惊讶的地方，但在写内蒙古的这些诗篇中，她对文本的细节极尽雕琢，比如在《马与太阳》中，她看见马"浑身的肌肉开始绷紧"。安琪的诗的文字也略显华丽，她的诗作从来都是力求具有某种形式感，尤其是她常常求助于"过剩"的表达技巧，以使结构相同的诗在形式上变得多样化，《自然教育：阿尔山说》《敖云达来篝火祝颂辞》和《在大青沟》等就是这方面的例子。

目前，国内可堪与安琪比肩的抒写内蒙古风物地理的诗人尚未发现——我指的是区外诗人在规模上的生机，这种罕见的规模感从某种程度上讲也是一个诗人面对她抒写对象时的一种卓识，不得不说，过于感情用事的安琪对内蒙古的情感既体现出了浪漫主义，又表现出了献身精神，实属难得。但安琪是谦逊的，在她那众多充满生机、活力和想象力的诗篇中，她热爱内蒙古的信念被强烈地表现出来了，仿佛具有核心主题的恢宏交响曲一般，有时还要插入一些奇异的乐句，尽管显得有些矫揉造作，但其素材发展的规模性完成度非常高。安琪将零散和独立的诗章扩充成一部既富于感情又完整的诗集，其抒情话语服从叙事话语的策略应该对以某一地域为写作对象的诗人有所启发。

安琪所作的内蒙古诗歌上面我已经简单地谈过了，兹不具详。我需要做出的一个声明是，我并非在此大力推崇安琪的内蒙古诗歌，我设想的、理想的内蒙古诗歌——如果像安琪这样写内蒙古诗歌的诗人和内蒙古的诗人之间有一个对话的话，他们之间肯定会通过诗歌传递一些秘密经验，里尔克不是宣称过"诗是经验"吗？安琪的诗游站点，是分布式的，呼和浩特、阿尔山、鄂尔多斯、通辽、阿拉善、乌海，从形式、语气、篇幅和叙事的关联上观察，安琪虽在诗行间颇多任性和浮夸，但她依然不失她将意象和口语技艺娴熟混用的水准，她在这部诗集里可能要达成一个特别的文学目标——在追寻乌托邦式的边地诗歌上有所突破——她创造了一个边地乌托邦，我称之为"边托邦"。

根据某一理论主张，当代诗歌的本质存在于诗歌的"生成散文"的过程中，但诗歌与散文之间的界限总是被人质疑（难道诗歌的本质是使自身变得不再纯粹吗？），这个问题本不是这篇短序所要探讨的，但我们可以从安琪的诗中得到一些启发性的思考。我最后想说，安琪的内蒙古诗歌之旅远未结束，但她却是第一个为内蒙古写出一部诗集的区外诗人，也许还有第二部、第三部在后面，不着急，我们可以等她慢慢写，慢得像时间一样。

2010-08-22 于呼和浩特

呼和浩特

HUHEHAOTE

去内蒙古，去呼市

让我们去内蒙古，去呼市，去想象中的草原骑上
爱情这匹烈马，去周游
想象中的天堂

让爱情这匹烈马拉动七月跑向十月，跑向
明媚的秋天，秋天，空气清澈
有一扇门即将敲响，他，越走越近

让明媚的秋天在他的敲门声中轻轻发抖。这不是
寒冷，不是白发过早在青春的额上生长并且
脱落，不是你，也不是我！

不是我们此刻正在北上的快马，哦，列车
列车这匹快马载我们去内蒙古，去呼市，去确认一个
从大觉寺出发的因果缘由

它在我们偶然相逢的银杏树下，长条石凳上
阳光寂静，有一匹烈马奔跑在想象的天堂，爱情
爱情载我们，去内蒙古，去呼市

2005-10-15 于北京

偎　依

我靠着你，有了肩膀，有了余生，列车启动
哐当一声，有了长鸣，有了我们
相视而笑的眼神

我们的偎依走了三个月才到达此刻，此刻灿烂
心事像果实缀满心头
你靠着我，有了儿子，有了女儿，我们儿女双全
有了阳光，有了雨露

我们靠着我们，这天意的神秘让我们欣喜
秋阳阵阵在空旷透明的风里
一列列车呼啸而过

车身干净，因为你心地单纯
你既憨厚又朴实，既聪明又能干
你既善良又幸福，像一双儿女居住在屋里

2005-10-15 于北京

大召寺

我们相伴走进大召寺，前程似锦，心地光明
我们轻声念诵，佛香冉冉，飞过福建
飞过湖南

你来自福建
你来自湖南
你们在遥远的爱人之乡相识，佛香冉冉
飞过尘世
飞过天堂

大召寺啊大召寺
经幡绚丽
心意迷离
我们初次相遇就在寺里

大召寺啊大召寺
转经轮厚重
转经轮光洁
我们虔诚念诵，两个来自遥远之乡的人在这里
一片光明

2005-10-15 于北京

两双拖鞋

清凉的夜里我们在寻找两双拖鞋
一双大红
一双青蓝

我们遇见呼市的少女，大眼睛的好孩子
白嫩的脸
清脆的嗓音
我们遇见呼市的树儿摇摆
人行道上，灯光微弱，出租车上，师傅讲话
拉高尾音

我们在寻找两双拖鞋
这是唯一属于我们自己的未来，我们的脚
和路。我们将一起走完余生
一双大红
一双青蓝

2005-10-15 于北京

阴山在后

类似我曾见过的贺兰山，阴山，那么低，远远看去
黑褐色的阴山在敕勒川的歌谣中静静绵延
环呼市一圈

我站在昭君墓上，昭君墓又名青冢，一年四季，这里的草
常绿，有如一个奇迹。秋风遍扫，黄了绿叶，只有昭君墓
青翠依然，不老的昭君头顶青丝
青翠依然

而阴山在后，我不知道敕勒川在哪里
风吹过来
我把头低了下去

他们说，牛羊真的不见了
他们说，牛羊遍布，尘世人间

2005-10-23 于北京

这些草啊

这些草啊，在大召寺，一殿与一殿之间的狭窄地段
这些草高及膝盖，密密缠绕，细细的枝茎你拉着我
我拉着你，在大召寺一殿与一殿之间的狭窄地段

它们被我们看见，因为它们部分转红的颜色在淡绿的
翠草间格外醒目
我俯下身子，企图捧起这不言语的绿色与红色

你在这时按响快门
你的手那么迅速
捉住了这些与我同命的草的欣喜

2005-10-23 于北京

在内蒙古的蓝天下

天，真是蓝得可以，一群云走过
又一群云走过
偶尔有一群停了下来
就变成白羊

天上的白羊有雪白的翅膀
当它们饿了，有风吹过喂养它们
当它们想走，就走了

我像一个尘世的俗子
想变成白羊停在
内蒙古的蓝天上
当我想走，你就来了
——你留在我身边的话语就像另一只白羊

2005-10-23 于北京

晚　风

晚风凉了

夜色刮起秋意，内蒙古像一张羊皮慢慢铺开

树的影子凉了

静静站在路旁

夜色刮起，我们在内蒙古的秋意里

守着遥远的草原幻想

慢慢进入梦乡

梦是谁家的孩子

一会儿到我心里走走

一会儿到你心里走走

在内蒙古的秋意里

我们手拉手

渐渐进入梦乡

2005-10-23 于北京

重回呼和浩特

写下"重回"，眼泪盈眶

有一件往事你不懂，我懂。有一件往事

现在还不能说，不能写。有一件往事埋葬

一个我，一个他

有一件往事已死 14 年，却在我踏上呼和浩特

的瞬间突然复活

必然复活！

有一件往事已找不到痕迹，以致我怀疑我是否

曾经历。有一件往事其实被我有意遗忘，因为

我不想它存在，但呼和浩特说

它确曾存在

呼和浩特，青色的城！你青色的记忆

那么鲜活、那么旺盛，好比他

和我的青春

呼和浩特，青色的城，你永远青色，满是

勃勃生机，但我已然老矣

我已然老矣

既然已老，为什么不让往事就此消隐？

让往事消隐吧，呼和浩特。我是全新的一个我

是落日雄浑的辉煌包裹着的这个我

我决意遗忘

彻底遗忘

有一件往事必须遗忘，必须彻底遗忘。我来到

呼和浩特

就是来学习遗忘，这是我写给遗忘的一首诗

一首追忆和悼念的诗

2019-11-27

爸爸吃汤圆（李雨轩作）

真实与虚无

（给徐庆）

从地平线的方向看

一辆宝马在不断向它碾压过来，车轮滚滚

这宝马不是那宝马。很明显

布连河马场更喜欢那宝马，肉身的宝马

红鬃飞扬的宝马、矫健马蹄的宝马不会

在它的躯体上切开一条路，一条

钢筋水泥路

现在我就在这钢筋水泥路上

奔驰的宝马，不断冲向地平线，地平线

不断后退，不断后退

这是真实与虚无的对抗，我拿起手机

隔着车窗玻璃录下了地平线不断后退

的步伐——

它后退的速度远远大于我们冲向它的速度

一整个天空都在后退

太阳也在后退

我们的宝马多么孤独，浩瀚的布连河马场的

冬日

浩瀚的冷和寂寞，我知道我们永远也冲不出

地平线，就像真实

永远打败不了虚无

2019-11-28

冬，希拉穆仁草原

冬日，彻底颠覆了
我们对草原的想象，希拉穆仁草原

绿色不在，柔软的草不在，惊叹不在
我们木木地站在辽阔又辽阔的黄色面前，木木地
希拉穆仁草原

蒙古高原在这时终于坚硬，风坚硬
日光坚硬，草皮坚硬，无牛，无羊，无马
无人，希拉穆仁草原

我们千里迢迢，从北京来到这里
只为看一眼传说中黄色的河，无边无际，无边
无际，希拉穆仁草原

这是寒冷的地盘，这是荒凉的地盘
人啊，你永远拿这冬日的希拉穆仁草原没有办法
你没有办法！你连多待一会儿都不行

你缩回宝马车的窘相寒冷看了会笑

你缩回宝马车的窘相荒凉看了会笑

那就驱使你的宝马车回到你的来处，这里不是

你该来的地方，冬日的，希拉穆仁草原！

2019-11-28

奔驰的马（安平作）

逛塞上老街有感

往小布袋里

塞进小饰物的男人还坐在塞上老街

他的摊位前，案板上整齐堆放的玛瑙

玉石、木雕……曾经吸引过我的目光

我在它们面前挑挑拣拣

终于一件也不曾购买，我感到羞愧。其时

日光渐软，太阳就要落入阴山，落入阴山

的太阳和落入圆山的太阳是同一枚吗？

我不敢确定

当我走了一遍塞上老街，回转身子

案板上的小饰物已被男人

——装进小布袋里。他将和这条老街

一起被夜晚装进睡梦里，我也一样

我一直记得他平静的面容

面无表情的样子

我在远离呼市的此刻把他装进

我的这首诗里，就像赵卡在远离我的呼市

把一整座国家图书馆装进他的脑回沟里

2019-11-28

黄河在老牛湾

一条河怎么也不明白

为什么转个弯就从内蒙古来到山西

一条内蒙古的河

和一条山西的河其实是同一条河

黄河

黄河不黄，在老牛湾，黄河很蓝

很绿

还闪着玉石的波光

正是初冬，大部分黄河在默默流动

小部分黄河已结冰

青翠的冰面上滑行着我的注视，你的

注视，我们从呼和浩特奔赴前来

经过葵花秆地

苹果地，经过枯萎的谷地

和大青山路过的可镇

我们带来了一路的壮阔和感叹，却突然

在你面前哑静

黄河黄河

伟大的河

我得有多么爱你才能离弃长江居住的南方

来到你居住的北方！

黄河黄河，你一路蜿蜒，所到之处

我也——到过

现在是我身上的血和你呼应的时候

现在是我对着亘古不变的山川大喊一声

"黄河"的时候！

2019-11-29

搏克手（焦德安作）

草原和海：给哈森

哈森，你看这海
像不像你家乡的草原？

像，也不像
这海把水直接袒露在天空下
在我面前，而我家乡的草原只把水
藏在草身上。这海

波荡不定，不允许人站立其上
而我家乡的草原许你坐许你卧，这海
蔚蓝，我家乡的草原深绿，这海

喧哗，我家乡的草原安静。这海
让不会游泳的我不安，而我家乡的草原
让会骑马的我心稳……但为何我还是

喜爱这海如同我家乡的草原？

因为它们都有辽阔的胸襟
和哺育大地上生民的力量，就是这样！

2020-10-28 于北京

西落凤街

他不像一只
凤凰，而像一只乌鸦扑棱棱从北京
降临到呼市某地，抬头一瞧——

西落凤街

传说中这里是
慈禧太后十几岁时住过一年半的地方

他看了看自己，一身落寞
两袖清风。一个在帝都呆了20年的人
除了压也压不住的才华
和才华，除了善良，除了
软弱，除了好脾气，除了
乐于助人，就什么都没有了，但没关系
呼市说——

只要你来了我们就会给你
亲情、友情，甚至爱情……

一切将如你所愿，因为这里是呼市
一切已如你所愿，因为这里是呼市

那个晚上

刘不伟把我们领到一座面孔暧昧

的楼房前，在幽暗的楼道左拧右拧方才

打开一扇生锈的铁门，他说请进

这就是我的家，西落凤街

慈禧太后当姑娘时待过的地方

2020-11-10 于北京

草原阿爸（苏民作）

阿尔山

AERSHAN

阿尔山之诗

你在我有限的词语之外，你是无限
但你必须被有限说出。无数个有限
终成就你的无限，阿尔山。

飞机把我从北京运来
穿过凌晨 5 点环卫工
杀杀杀死满街脏物的扫帚声响
我内心装着一座秘密的山，它的轮廓如此模糊
我不知道阿尔山其实不是
山。

5 点的北京
尚未有拥堵大军，以致的士可以一路疾驰
的士快跑，携带着想象中的阿尔山。你是否感到
车身里的这个人她的疲倦正被兴奋持续燃烧？

5 点的北京
天光微亮，而阿尔山已是天光大亮
这是阿尔山在我到达之后告诉我的。

阿尔山有比北京更迟的落日，更早的日出
阿尔山的夜，比北京更沉浸于夜之漆黑中
漫步于龟背岩畔，感觉夜像一块巨大的冰雕撞击你
阿尔山的六月真冷

你们微醉漫步于龟背岩畔的情谊真暖。

你的左手，握住了这个世界的衣角
你的右手，和迎面而来的陌生的黑狗相握
我躲在夜的浓墨里，心里突突跳动着一只两只兔子
倘若没有你们
我将被夜的阿尔山吞噬。

好在天很快就要亮了
清冽的早晨，太阳早早把网撒向阿尔山
太阳的大网将捕捞起阿尔山遍布视野的绿色
红色、黄色、紫色，无穷色
当太阳的大网收起
湖水哗哗，纷纷回到自己的湖里
每一道湖水都安于自己的本名。

你的呼吸应和了太阳的节奏
你和太阳一起醒来。你迎着太阳走去
光线指向哪里，你就走向哪里，你是太阳花
你的行走只为解释太阳的存在。

空中都是氧气的味道
我沉沉的睡眠有脱胎换骨的味道
我来此阿尔山，仿佛是来接受清肺疗法
我来此阿尔山，仿佛不在尘世中，这是一座
你的城市概念无法含纳的城。

大朵大朵的棉花。峥嵘的群山。暗黑的狮子
幼神的脸。液体岛屿。哭和笑。莫可名状的陈述

都漂游于天空

阿尔山的云，仿佛全世界的云，都从这里出发。

我一向对风景有难言的恐惧

言辞无法赶上风景，所以我不言。阿尔山

你打开了我的词汇库，看见空空的内里你是否心伤？

其实我只是想为你创造新的表达方式

肯定有新的表达方式独属于你阿尔山。

把阿尔山搬到诗里，用美学的铁锹够不够？

把阿尔山搬到诗里，用情感的挖掘机够不够？

把阿尔山搬到诗里，我没有铁锹也没有挖掘机

把阿尔山搬到诗里，我有日复一日的焦虑，和压力。

一块火山石掉进了你的眼里

却划伤了我

你牢牢地抱住了火山石，但你终有松手的一天

倒不如现在就松手

倒不如现在就把它还给阿尔山。

我也想把阿尔山牢牢抱住

但我终有松手的一天。倒不如现在就松手

倒不如现在就离开阿尔山。

2015-08-01 晨 1：58

在阿尔山

不是一座山而是一个城
我一而再，再而三前来，所为何故？那烈日
依旧晃眼，烈日下，空茫的黑土地依旧生长着
玫瑰花，白桦林。

俯身捧起黑土，手并未见黑。使阿尔山成为
阿尔山的，哈拉哈河，河水向西。河水从阿尔山出发
到蒙古国探了探身子，又流回来
那使它流回来的力量
是什么？

我深深地吸了一口阿尔山的空气
清凉，持久，必须有另外的语词，来替换这里的
一切。空气，和一片一片的绿，留意着你脸上的
贪婪，狠狠地，吞食，吞食。

沉默堵住了你
对这天地间的大美，你没有办法
六月还很冷，裹紧你的红披肩蓝披肩，裹紧你
即将衰老的身体
如果这是一片神奇的土地
你的青春便会一点点回来。

不要工厂，不要 GDP。在阿尔山

你们达成共识，你们要缓慢地生活，健康，低碳

你们要把自己扎进阿尔山

成为阿尔山的蒲公英、八里香、狼毒、杜鹃、稠李子、野玫瑰、山丁子、

蘑菇、木耳、芍药、接骨木、落叶松、爬地松、走马芹、白桦、樟子松、

山刺玫、黄连、火柴花……

成为阿尔山的杜鹃湖、松叶湖、鹿鸣湖、乌苏浪子湖、仙鹤湖、眼镜湖

……

成为阿尔山的天池、地池……

你们哪儿也不去

就在阿尔山！

飞机把我们放到阿尔山

飞机只是让我们来看看

飞机很快又要把我们运走。

我们每一个人的走

都带走了阿尔山的一部分——

从你们传递过来的，那醉中心脏的疼和痛，因为牵挂

而更为疼痛。

2015-08-01 晨 3：18

六月在阿尔山

我知道六月在哪里，我知道
通过阿尔山，我就能找回我的六月。

内心的想象永远有一个准确的对应物
等在那里，譬如阿尔山，那汹涌的云推云。

我曾经在风景面前束手无策，我如今又在
风景面前束手无策，阿尔山，对我，你是
残酷，和威压，绝望的火焰已经烧到我了。

于是我一宿难眠。

放了我吧，放了我被美诱惑过的心
放了我被抓捕到的灵魂的惊吓，美是害人的。

我已经枯坐到凌晨
眼看着鱼就要游上天，露出鱼肚白
眼看着一整夜枯坐的我就要被解穴
我
依旧没有生育出我的阿尔山

但我知道六月在哪里，我还知道

因为阿尔山，我的六月永垂不朽。

2015-08-01 晨 3：53

草原情——额吉（刘一鸣作）

阿尔山梦境

当我来到阿尔山
我其实是走进了一个梦，阿尔山
巨大的梦境包裹了我——
我们总是把难以置信的一切称之为
梦

这一周我什么也没干
除了沉迷美色
杜鹃在杜鹃湖畔积蓄力量，等待下一个
花季，遭火击的树桩里一株新树已经
成长，杜鹃开花，树桩长树
每一件事物都在做自己擅长的事
这一周我什么也没干
我吸食美色
并把它们蓄养在心，一旦需要
它们也会开花
成长

那覆盖着你的热的圣水
温润，柔滑
你从圣水中站起，抖落一双双温润
柔滑的手
你只要到阿尔山
你就能跌落到热的圣水的怀抱

你就能在热的圣水的怀抱里温润

柔滑

当我离开阿尔山

我用语言画下的这个梦境总是未能得到

梦中人

的认可

2015-08-01 上午 11：00

草原情——家（李鹜宇作）

阿尔山赞美诗

哦阿尔山，你是自然的博物馆
陈列着：流泉、林木、死火山
活火山。

天空亘古如斯，大地却已几经变幻
哦阿尔山，你留下了时间跑过的证据
时间并非无迹可寻。

三尺深的腐殖物，静静埋在白桦树脚下
你不是白桦树，你的脚必须对此表示敬畏
哦阿尔山，有时我不得不认为，你如天空
亘古如斯。

每一朵花都在原地开了又谢，谢了又开
它们，是同一朵花
但每一个注视过阿尔山的人都不是，同一个人
你的赞美诗是花，还是人？

哦阿尔山，自然的语言，和人类的语言
请你选择。

2015-08-01 下午 14:39

阿尔山如是说

姐妹们，你们脸孔放光地走来
长裙刮起阿尔山旋风，红加黄加绿加蓝加紫加黑加……
啊，我从没见过这么多种颜色的风

姐妹们，你们惊讶的呼喊我已听到
我吓住了，还是震住了你们？不，我只愿理解为
我迷住了你们

姐妹们，我的湖水有时强有时弱
我的湖水有时静有时喧，柔和或激烈的光芒
照见你们纤弱或勇猛的心

我在夏天迎接你们，听，群花在鼓掌！
我在秋天迎接你们，看，多汁的果实滚滚奔来！
我在春天发狂，我也有满腹的秘密要寻找出口
我在冬天安眠，这冬雪的厚棉被多暖和呀

姐妹们，如果你们在冬天到来
请一定蹑着脚，不要吵醒林木们的睡梦
不要吵醒我，正在培植的想象力

2015-08-01 下午 18：19

自然教育：阿尔山说

1）在阿尔山，树林是主人，泉水是主人，火山石是主人，只有人是客人。我们是阿尔山客人的客人，我们的生命只被阿尔山恩赐四天。在它树林、泉水和火山石的怀抱里，我们醉酒、醉氧、醉情，我们多么愿意永久居留于此，做阿尔山今生今世的客人。

2）在阿尔山，自然的赞美诗由蒲公英、八里香、狼毒、杜鹃、稠李子、野玫瑰、山丁子、蘑菇、木耳、芍药、接骨木、落叶松、爬地松、走马芹、白桦、樟子松、山刺玫、黄连、火柴花……联袂演唱。我想加入这众声之中，却羞愧于一身的浊气，于是我说，我是聆听自然的教诲来的。

3）我来此阿尔山，是来接受自然教育的；我来此阿尔山，不仅为着洗肺，还为着洗心、洗脑、洗尘埃。

4）黑土地，你为什么不长黑花而长红花白桦林？

5）多么神奇的黑，黑土地！黑土地为什么长黄种人？

6）夏天的阿尔山，绿是绝对领袖，绿，统领一切。我们在夏天来到阿尔山，便成为绿的臣民，便要向绿之王高呼万岁！

7）夏天的阿尔山，太阳放射万千神箭，却被万千林木一一收尽。

8）历经三次劫难，阿尔山林木迎来休养期，现在的阿尔山，只能种树，不能伐树，现在的阿尔山，林木们再也不惧怕经过它们的人群——他们的手上没有屠刀。

9）阿尔山不是山，阿尔山是一座城，隶属内蒙古自治区。阿尔山毗邻黑龙江，阿尔山习俗因此与东北无异。

10）阿尔山来自蒙古语，意为"热的圣水"，亦即"温泉"。阿尔山有 48 眼温泉。

11）阿尔山是全国最小的城市，有全国最少的城市人口。但阿尔山人爱说，"我们九十一条街，七十一万人"。翻译过来就是，"我们就是一条街，其实一万人"。

12）阿尔山的格调是欧式的，洋气的。阿尔山真静，也真净。

13）白桦树像秀气的小姑娘挺拔着腰身，挺不住的时候她们就弯腰歇息，有的靠在松树爷爷的肩膀上，有的直接俯卧在大地上。

14）爬地松紧紧抓住岩石的罅隙，它不断地横向攀缘。你不断地赞美它顽强的生命力。但它说，这里正是最适合我生长的土地。

15）空中浮现着阿尔山神。

16）灵感一旦和阿尔山神相遇，诗便成了。

17）阿尔山越美我越怕。李岩你的期待越大我越怕，我怕我的笔写不出阿尔山，我怕我的笔愧对阿尔山的美。愧对，你的期待。

18）阿尔山的植物只有90天生长期。我们到达的六月，就在90天之中。六月的阿尔山，我们参与了植物们的生长，"每一阵风过，我们都互相致意"（舒婷）。

19）阿尔山是一面镜子，照出了雾霾的脏面孔。我来自雾霾的北京，我有一副脏面孔。

20）蓝天，白云，和到处都是的白云。蓝天上到处是白云，到处都是。

21）阿尔山，白云的故乡。

22）阿尔山，白云出发的地方。我怀疑全世界的白云，都来自阿尔山。

23）偶尔有一阵黑云飘过来，便有一阵雨紧赶过来洗刷它，于是，黑云就白了。

24）于是你看到的阿尔山的云，永远是白的。

25）"带一片云回来，我摸摸，看是不是从前的云了？"（冰峰）

26）辽阔的绿色，辽阔的蓝色，辽阔的白色，这么辽阔的天地，阿尔山，我能拿你怎么办？

27）人的一生应该是这样的，一年住一个省，住完再轮一遍。这是我的中国梦，它明确于阿尔山。

28）叫玫瑰峰时，它是玫瑰盛开的地方；叫红石砬子时，它是成吉思汗流过血的地方。我喜欢成吉思汗胜于玫瑰，因此我叫它红石砬子。

29）连绵起伏的丘陵中突然涌现出这一片红石砬子，仿佛绿色面孔上的酡红，我们从酡红底部攀爬到酡红顶部，啊，黄的紫的花拍打着左右手欢迎我们。黄的紫的花纤弱的小身子齐刷刷抖动着：欢迎，欢迎，热烈欢迎。

30）蜜蜂沿着花香的路径飞舞着，带着我的惊呼。蜜蜂蜜蜂，千万不要动用你的枪，你的枪伤人也伤己；蜜蜂蜜蜂，你停歇的地方错了，这是我的脚踝，它一点儿也不香；蜜蜂蜜蜂，我不赶你，你歇一会儿就走吧，瞧那满山遍野的花儿，哪一朵都在召唤你。

31）在阿尔山，我第一次吃到黑蚂蚁，又黑又大的蚂蚁，点缀着又黄又脆的煎鸡蛋。他们说，黑蚂蚁可治疗类风湿关节炎，他们说，而且也获得了爱斐儿的认可。我的筷子因此毫不犹豫伸向黑蚂蚁煎鸡蛋，凡爱大夫说对的我绝不说不对。

32）爱大夫，不是我不明白，是这植物变化快，同一种植物有不同名，同一名称下的植物有不同颜色不同长相。爱大夫，我不是植物，怎么知道得了个中奥秘？

33）咦，爱大夫，你也不是植物，怎么识别得了那么多植物？

34）这世间植物万千，我自然也有叫不出名字的时候。（爱斐儿）

35）氧气是具体的，在阿尔山，我登起台阶一点不喘，那是氧气在发挥具体的作用。

36）"去年我去阿尔山度假，回到重庆后就得了鼻炎，阿尔山空气太好的缘故"，二月蓝在微信上提醒我，"希望你这次去阿尔山，回去不会得鼻炎。"什么话?! 我们是来自雾霾之都的阿尔山外人，难道，连呼吸四天阿尔山空气的福分也没有？我恨恨地想。

37）但有一点是真的，对呼吸惯雾霾的我们而言，阿尔山的空气是假的，太超然雾霾外了。

38）它简直就不像人间的城市。

39）它在你想象抵达不到的地方。在阿尔山天池我接受《林海日报》记者张淳源采访时，我这么说。

40）有一种说法，诗人就是少数民族。因此我也是少数民族。我身上涌动的是诗歌的血。我的诗歌之血不汹涌已有多年。

41）阿尔山，请为我造血。

42）就像你一直在为李岩造血一样，这个一个月可以写数百首诗的汉子，血压高，诗歌产量也高，他为阿尔山立传已有几十年。

43）就像你在为王秀竹造血一样，这个酷爱石头的汉子也酷爱诗歌，他居住在距你四个小时路程的牙克石，当他枯竭，他就驱车前来与李岩会合，他们在阿尔山采气，以积聚继续前行的力量。

44）就像你在为霍岩造血一样，霍岩你有全中国最幸福的职业，你日日与自然山川同进同出，你熟悉阿尔山每道泉每个湖，你在旅游局。

45）阿尔山，请赐予我诗篇。当我在去往天池的半道上向观音菩萨顶礼膜拜时，阿尔山，我祈求观音菩萨赐予我写出完美的你，你听到了吗？

46）哈拉哈河，发源于阿尔山的河，从此地出发，到蒙古国游了一圈又回到阿尔山的河流，传奇的河流，你一路向西，而非向东。

47）哈拉哈河，一颗又一颗珍珠被河道串起，珍珠们名杜鹃、名松叶、名鹿鸣、名乌苏浪子、名仙鹤、名眼镜、名……

48）杜鹃湖，也叫达子香湖，有一团火曾在你身上滚过，有一团火照出了湖水恐惧的脸，有一团火没能烧绝林木工人与火抗争的意志。有一群林木又蓬勃地成长了。

49）松叶湖，一头狼跑过，身影至今留在湖内。

50）鹿鸣湖，湖面上的小木船那秘密的悲欣只有阿尔山知道。

51）乌苏浪子湖，黑蚂蚁爬满湖面，湖水黝黑而生动。

52）仙鹤湖，细细的波纹在水面上悄悄走着，波纹手拉手组成一条长线，无数条长线排着队悄悄走着，不乱队形，不知道它们去往何方。

53）眼镜湖，我们是红鲫鱼，我们是柳根鱼，我们活着，我们就想去看沙漠。

54）迟迟不落的太阳，迟迟不暗的天光。

55）并非只有长白山才有天池，就像并非只有黑龙江才有大兴安岭。此行方知，阿尔山的大兴安岭比黑龙江更大。

56）此行方知，阿尔山有八大天池。我们到的是天池山天池、驼峰岭天池和地池。

57）雨季不涨，旱季不落，水位永远一致的，就是天池山天池。

58）驼峰岭天池，巨大的左脚丫！

59）无论哪个角度，都无法把地池收拢到一个镜头里。但地池并不大。

60）太阳跃出杜鹃湖时我们还在阿尔山之夏的冷被窝里，太阳跃出杜鹃湖时我们本来应该在杜鹃湖畔等日出的。

61）太阳，太阳，太阳在阿尔山和在别处有什么不同？一生中你看过的太阳是同一颗太阳吗？

62）一生中你到过一次阿尔山，你的生命词汇表里便有了阿尔山。

63）烧焦的岩石，零乱的岩石，细碎的岩石，卧牛饮水的岩石，码得整整齐齐仿佛堤坝的岩石，片片堆叠如同虎背上斑纹的岩石……清一色的火山石。

64）你想与石头白头偕老，但事实却是，你白头了，石头却未必老。

65）阿尔山的基础设施已经很完备了。木栈道静静伸展，等待有缘人。

66）阿尔山应该有更多的游客前来饱赏春夏秋冬色。

67）没有足够大的深闺来养阿尔山。所以阿尔山不必养在深闺。

68）空心的树干中长出新树，是为"树二代"。

69）娜仁琪琪格的女儿苏笑嫣也写诗，是为"诗二代"。

70）2015 年 6 月 14 日，夜，惊悉童庆炳老师突然辞世时我在阿尔山，回想此行来阿尔山，我退掉了原定去天津大学参加徐志摩作品研讨会的票。在我的生命记忆里，阿尔山你与童庆炳老师，与徐志摩前辈，就此发生关系。

71）此后每当想起阿尔山，我会想起童庆炳老师，我会想起徐志摩前辈。反过来也成立。

72）零下 50 度的严寒里，有一条河依然流淌着，不相信的话请到阿尔山，不相信的话请到阿尔山不冻河。

73）红河谷，何等神秘的伟力，劈开一座火山，只为一条河取道于此！

74）红河谷，两岸碎裂的石块大小相等，密密挤压在一起构成相互依存的力，成就一座自然的堤坝，只为一条河取道于此！

75）三潭峡，我被它的命名者恩准重新为它命名，如果我真这样做了，此刻我就不知如何向你说明我曾到过此处。因此我还是说，三潭峡。这就是命名的力量。

76）万物因命名而存在。

77）未被命名的物就是不存在。阿尔山本来就在那里，但若无"阿尔山"三字，我如何向你指出有这么一个地方存在？

78）我回到北京，手机上指明天气的地点依然是阿尔山。我的手机比我更不情愿离开阿尔山？

79）我回到北京，雾霾蒙着灰黑面具说，欢迎，欢迎，热烈欢迎！

2015-06-16 于北京

草原情——摔跤（陈俊池作）

鄂尔多斯

EERDUOSI

鄂尔多斯有牛吗

鄂尔多斯有牛吗？
好像没有
所以我有一些关于反刍的困惑无牛可诉

假设鄂尔多斯有牛
我要问它，我在鄂尔多斯吃尽了那么蓝的天那么白的云
为什么在北京反刍出了雾霾
我在鄂尔多斯吃尽了空旷，为什么在北京反刍出了逼仄
我在鄂尔多斯吃尽了欢歌笑语，在北京却反刍出了落寞悲伤
为什么？

鄂尔多斯有牛吗？
草原上埋头吃草的马，会不会反刍
行步时快时慢的云，会不会反刍
响沙湾旁若无人赶路的甲壳虫，会不会反刍
所有我见过的诗歌兄弟们，会不会反刍

假设鄂尔多斯的诗歌兄弟们会反刍
会不会反刍出一个我，一场梦——
我做梦都想走遍内蒙古大地！

2016-06-16

夜之篝火，恩格贝

闭上眼
那夜的篝火还在燃烧，那夜的马头琴
那夜的迪斯科，那夜的啤酒，那夜的
羊肉串

那夜的喇嘛哥
抱着余秀华旋转旋转旋转，那夜的余秀华
飞起来了

那夜的和田玉那夜的你那夜的我都要释放胸中的烈马，恩格贝，你是一
杯一喝就醉的酒。那夜醉了星星醉了群山醉了草原醉了。不远处的响沙
湾，疲惫的骆驼直起腰身四处寻找击鼓声和酒的方向

夜之篝火适时地降落，降落，终至熄灭
一切，恰到好处

2016-06-16

乌兰木伦湖

回忆的纯度需要变成情感的浓度方能保存

披上深蓝外衣，让我们去看看乌兰木伦湖
湖面黝黑，只有白炽灯兀自热烈，照向空旷

鄂尔多斯第一夜
身体内部的几何学在调整角度以接纳未知的世界

目光茫然扫过湖面
常常是这样，走神，恍惚，在风中迷路，濒临绝境

夜的空中有烧烤的羊肉在呼叫
有陌生的新月在街上。人群中有新交的朋友

手足无措中有自制的幻觉拽住你一直往一直往
乌兰木伦湖去。乌兰木伦湖你有多深，我便有

多深的毁灭意识

2016-06-17

敖云达来篝火祝颂辞

长生天

此时此刻我们把火点起来

向您传递我们虔诚的祝福

无论鄂尔多斯人还是鄂尔多斯以外的人

我们都是诗人

我们用诗和歌向您传递我们的祝福

风啊风啊风啊风

东边的风西边的风南边的风北边的风轻轻地从东西南北过来吧不要太猛不要太烈只要你轻轻地妥妥地把我们的篝火照顾好让它适当地红适当地艳让它的火焰正好适合我们今晚的盛宴我们是诗歌那达慕的诗人们今晚来此领受长生天祝福的诗人们都是好诗人祝福他们！

火啊火啊火啊火

烧起来吧烧起来吧让他们的情绪跟着你烧跟着你狂跟着你疯跟着你玩但不要烧到他们的肉他们的脸不要烧到他们的胡子他们的头发不要让他们最后扑到你的怀里不要让他们从文字中走出把他们烧到他们的文字里吧！

巴巴啦啦哇哇哇哇轰，轰，轰，咕噜咕噜咕噜咕噜

巴巴啦啦哇哇哇哇轰，轰，轰，咕噜咕噜咕噜咕噜

长生天

今晚月色正好雨点也没落下风也不大天也不冷狗也不叫猫也不跳狐狸沉默了

今晚月色正好雨点也没落下风也不大天也不冷神也来了仙也来了世界都来了

让我们把火点起来

月亮下来吧，星星下来吧，空中飞的地上跑的田野长的一切的一一的一切

都来吧锣鼓来吧马头琴来吧歌喉来吧口哨来吧你的腰肢扭起来吧你的双脚跺起来吧李白来吧杜甫来吧苏东坡来吧庞德来吧艾略特来吧李清照来吧萨福来吧阿赫玛托娃来吧来吧来吧来吧来吧来吧来吧来吧来吧来吧来吧来吧来吧来吧……

2016-06-17

草原与狼（于航作）

望　月

离开鄂尔多斯
月亮尚来不及圆，生命中的三个夜晚
月亮来不及长圆，这不怪它

我从不相信月亮是同一个月亮
世间万物，方生方死，鄂尔多斯的我
和鄂尔多斯以外的我，不是同一个我

同样，有我的鄂尔多斯
和没有我的鄂尔多斯，也不会是
同一个鄂尔多斯

今夜，北京的月亮是我的左眼
鄂尔多斯的月亮，是我的右眼
它们都归属于我，却互相不能望见

2016-06-17

森吉德玛

我们用钱币占卜命运

有花为成，有字为败

可是那时并没有钱币，森吉德玛，于是你

用爱占卜命运，爱穷困青年死，跟富贵公子生

如同一切传说

穷者必有高尚的道德，和出众的才艺

富者则天生有罪，因为他怠惰而蛮横

森吉德玛，蒙古族的姑娘和汉族的姑娘都有一个

共同的命运——

宁死于贫，不活于富

作为观众

我们必须尊重艺术的法则而非生活的辩证法

每一个安于现世的人都会为舞台上的森吉德玛叫好

当她最终在穷困青年的怀中瞑目

掌声响起，热烈再热烈

请让我们的森吉德玛，美丽的姑娘

在死后跳一曲凄艳而销魂的幽灵之舞

摒住呼吸

默默流下心悸的泪水，你

为什么颤抖，为什么绝望，为什么

最终决定

离开这以绚丽开场却以枯萎终结的森吉德玛之夜？

2016-06-18

查干萨拉（苏和作）

鄂尔多斯

可以在灰蒙蒙的北京此刻
想象一天空深蓝的鄂尔多斯此刻。

可以乘坐想象的交通工具从灰蒙蒙的
北京此刻抵达一天空深蓝的鄂尔多斯此刻。

但想象没有质感
托不住沉重的我，甚至虚无的我。

我也终究是红尘中人
不适合鄂尔多斯仙境。

2016-06-19

达拉特旗

（给李成、诸别）

来回两次
我都在空中看到深黄的黄河和它巨大的几字造型

现在你告诉我
你的家就在黄河几字湾呵护的地方
你的家在达拉特

达拉特，肩胛骨，有鱼的地方
达拉特，肩胛骨，有你们的地方

诸别，我总想起你说的"事实上
唯有内蒙这片土地上的男人普遍具有浪漫主义特质"
我尚未走遍祖国各地
不能对你的定语加以评判，但我承认
你的话很动人心

李成，我总想起你的哨音，一个人自身就是
一种乐器，这多神奇，我不认为你是鸟变的，因为会唱歌的
鸟
都太过灵巧，不像内蒙古大地该长出的
你就是你

达拉特，有鱼的地方

有你们的地方。当我在余生飞越北中国，我会久久凝视

这黄河几字湾呵护的地方

2016-06-19

驰骋（孔德宇作）

黄昏，献给鄂尔多斯的八行诗

在这片土地上
我回到抒情诗人身份，天，亘古地蓝
草，亘古地绿
羊儿在蓝天下，亘古地吃草，成长
并最终成为人的食物
这也是，亘古不变的
我像那个唱出《敕勒歌》的吟者
继续为这片土地，贡献歌喉

2016-06-19

炊烟（白雨卓作）

筷子舞

（给高鹏军）

青春的伴侣飞奔着跑到舞台
灯光追着他们，追着他们夺目的笑脸

小伙子拿筷子，姑娘拿什么？酒盅！
诗歌那达慕群里，fairy 丽子快速抢答

音乐不可或缺，所有的动作都要跟着音乐走
并且要互相协调，譬如姑娘扬起右臂的酒盅时
小伙子就要单膝下跪承受恩泽

筷子是道具，亦是发声工具
恰，恰，恰，告诉草原你是我的姑娘
你是我的母羊

当酒盅之酒
飞出姑娘心窝，我的眼睛紧随着飞出
小伙子小伙子，你一定要接住她的酒
你一定要接住她的火

北京此刻，我家里的筷子蠢动着，呼喊着
恰恰恰，小伙子小伙子
快带我们到草原
快带我们去找好姑娘

2016-06-22

百年新诗陈列馆

进入此馆

自然要先找我书

看来看去

它就在屈原手上

2017-08-18

父亲的草原（田晓雪作）

鄂尔多斯萨满

这个萨满

身上披着条状衣

双手平伸

眼神惊愕

似被吓到

这个萨满头顶三叉

小有级别

他说天灵灵地灵灵让我做法都要灵

这样我就可以升到四叉五叉和六叉

在鄂尔多斯博物馆

一个三叉萨满被锁在玻璃门里

一身法术无法施展

2017-08-18

成吉思汗陵

灵枢过此时

金马鞭落地

灵车滞重

深陷泥泞

大汗你曾说过

此地系

梅花鹿儿栖身之所

戴胜鸟儿育雏之乡

衰落王朝振兴之地

白发老翁享乐之邦

你选中的

你就留下

2017-08-19

库布齐沙漠

围巾包头

围巾包脸

小衣套大衣

来到库布齐

他们在冲浪车上呼啸

摆出 V 字手

形如流浪汉

又像恐怖分子

一群人

从自己待腻的地方

来到一群沙待腻的地方

如果连一首诗也不能留下

那就真不如一粒沙了!

2017-08-20

鄂尔多斯雨

翻箱倒柜

词汇库没有合适的词给鄂尔多斯雨

尽管它匆匆赶来

向我们道别

2017−08−20

给我的小马洗个澡（马景涵作）

鄂尔多斯截句

1

在鄂尔多斯

人类的脚步尚未踏足的每一寸土地都留有自然的神迹。

2

言辞无法赶上风景

我恐慌而悲伤。说不出，也不能说。

3

鄂尔多斯

鄂尔多斯

你直接地，把一份大礼，送到我面前。高天

阔地，和近在眼前的，人。

4

鄂尔多斯第一夜

市政广场的雕塑群活着，凉风活着，微妙的情绪活着。

5

那晚

全世界的星星都跑到鄂尔多斯来了

它们等候在鄂尔多斯天上，看你们，呼吸沉重

怀着同一个心事，慢慢走着。

6

为什么你们的楼房都不高？
因为鄂尔多斯有足够的土地栽植它们。

7

摸不到尘埃的宝马

摸不到尘埃的路，摸不到尘埃的宝马奔驰在
摸不到尘埃的路。摸不到尘埃的你，在轻笑。

8

鄂尔多斯是一个点

一个暗伤，一个人青春的回光尚未返照。

9

蓝天。白云。绿草。黄沙。
丘陵。戈壁。再加一个你。
鄂尔多斯，什么都不缺。

10

我们鱼贯走入
蒙古族少女的圆帽里
帽中的一切，都在向我们讲述
草原的故事。

11

巨大的
褐色的石头掉出天空，落在康巴什新区
直觉和神异穿过蒙古高原。

12

群羊的气息从乌兰木伦湖畔飘进

带着我们体内的火焰，和秘密的心跳。

13

乌兰木伦湖

有一个人以你为荧幕，放映他的过去。

14

你的烟把天幕捅出一个口子

漏出的星光，正好照到乌兰木伦湖波动不已的心事。

15

诗人们

一个个站在纸上，纸，站在电线杆上

电线杆，站在民族路上，站在普阳街上。

16

诗人们

一个个来到民族路，来到普阳街

他们看见纸上自己的欣喜大于看见，自己本尊。

17

鄂尔多斯

怎么看你都美！一个小问题，男生们

在鄂尔多斯图书馆前打篮球，而此时

女生们在哪，在干吗？

18

我在热烈的骄阳下独坐

鄂尔多斯光，请杀死我体内的病菌，请治愈我

持续三月的咳！

19

森吉德玛

死亡之后依然能跳舞的少女，美幽灵。

20

你有贪玩的心

但已没有贪玩的胆可以装得下鄂尔多斯的，良辰。

21

鄂尔多斯

时间那达慕，空间那达慕，百年诗选那达慕

歌声那达慕，哨音那达慕，蒙语汉语那达慕

我们一起马兰一起花开一起种下心愿树那达慕。

22

一个人不敢睡的曹瑞欣

遇到一个人不敢睡的安琪

俩人搭伴，美美地睡了鄂尔多斯，两夜。

23

鄂尔多斯

鄂尔多诗

我们既在鄂尔多诗里又在它的诗外。

24

在鄂尔多斯我想到

诗是直觉，到需要思考来写时就被动了。

25

天色转暗的瞬间

乌兰木伦湖的云像一部恐怖大片的布景。一旦转亮

就又像童话片。

26

一个人噘着嘴，他不是在赌气，他是在吹口哨

一个人噘着嘴，他不是在赌气，他在吹口哨，他就是你。

27

已消失和未出现的

都将给敖包添上一块石。我们是正在到来的人

我们是已经添上的石。

28

响沙湾之沙和漳州海滨之沙，有何异同？

异乡和故乡，有何异同？

29

一生中到过鄂尔多斯，和没到过鄂尔多斯

有何异同？

30

被切割成

游乐场、滑沙场、沙雕城堡、演出舞台……

的响沙湾——

我睁大眼怎么看也看不出沙漠的浩瀚。

31

飞过库布齐沙漠的风有许多张嘴嘎嘎作响。

32

不是我，而是风
把你嘲笑口语诗人的话吹送到口语诗人耳中。

33

我茫然地跟着陌生的人群走
我迷路在这个世纪的响沙湾
在我的手机即将用完电的最后一秒
你拨通了我……

34

我的体内已经藏有响沙湾的沙——
每个到响沙湾的人，都会被响沙湾的风强行灌入
响沙湾的沙。

35

姑娘，你飞身跃起的瞬间把风分成阴
阳，两面。把光分成明
暗，两面。把他们的快门分成快
慢，两面。把我分成尖、叫两面。

36

来自圣人之乡的姑娘

她的梦想是，走遍内蒙古大地。姑娘姑娘

我也有你的梦想，我也有实现不了的你的

梦想。

37

我是一粒沙

一沙一世界

38

马兰诗社林

植下舒婷树。

马兰诗社林

植下安琪树。

39

我的安琪树

粗枝大叶，茁壮成长。

40

作为恩格贝绿色大军的一员

安琪树，你一定要健康称职。

41

恩格贝

我的肺需要你的每一棵树。

42

恩格贝，平安，吉祥。

43

恩格贝，中国第一沙漠人造绿洲

"来到这里，我才相信，改造沙漠是可能的"。（舒婷）

44

"有时，沙漠不用改造只需加以人类智慧

就能把它建成乐园，譬如响沙湾。"（李成）

45

恩格贝

马兰诗社在这里植下一棵树，马兰开花树。

46

恩格贝

篝火燃起，歌喉燃起，舞姿燃起

啤酒燃起，羊肉串燃起。今夜

我们和新月一起守护人间。

47

但天下没有不散的宴席。

48

鄂尔多斯虽好，不是我等久留之地。

49

鄂尔多斯终归鄂尔多斯人

我们终归是，我们来处人。

50

再见，鄂尔多斯

再见就是再也不会相见

再见，鄂尔多斯

再见就是再难也要相见！

2016-06-15 于北京

在大青沟

在大青沟遇见水曲柳，它不像一棵树而像一捆生锈的绳子

在大青沟遇见黄菠萝，它有深深的眼睛，这眼睛阴湿而没有眼睑

在大青沟遇见紫椴，紫椴与紫椴之间巨大的蛛网静静等待世界自投

在大青沟遇见白皮柳，蒙古格格塔娜说它的树皮可以食用。我小声询问，
　　这得腌制吧？

在大青沟遇见黄榆，老榆树老榆树，你是愿意在此枯死还是随我到京城
　　当一把椅子？

在大青沟遇见金银花，它们迎着风啪嗒啪嗒张开翅膀，每一朵花心都住
　　着一个小魂

在大青沟遇见北五味子，它要我说出哪五味，我答金木水火土，它回我
　　以大拇指

在大青沟遇见东北天南星，此星非彼星，此星为草本植物，叶片呈鸟趾
　　状全裂，可入药

在大青沟遇见桃叶卫，亲爱的别来无恙，槛内人来此拜会，槛外人很快
　　复要回归红尘……

2016-08-23 于北京

通辽高速公路木里图镇段的云

文字没法说出云
它白的部分发亮，黑的部分也发亮

文字没法说出通辽高速公路
木里图镇段上空究竟发生了什么
使大团大团的云幻现得如此诡异

2016 年 8 月
16 日 18 点 39 分，我们
被看不见的手驱使着，匆匆参演
这天地的大片

成为它一闪而逝的主角，或配角

2016-08-23 于北京

在通辽高速公路二号嘎查段撞到夕阳

一车人惊叫起来
那夕阳就要撞向我们了！

那夕阳携带浑身烈焰
把天空燃得如血般红
血在天空流淌却不让我们感到狰狞

我第一次看见血红，而美！

那夕阳
一直在我们车窗前燃烧
师傅师傅开快点，撞向夕阳撞向它
撞向它

撞向它最后的辉煌！

2016-08-23 于北京

不可测

天

突然暗了下来

此前还在燃烧的火球哪里去了？

血一样流淌的大团大团云层哪里去了？

风猛烈劈下

杨树叶摇摆的幅度有点大了

万物被昏暗披覆了

雨点如巨人的拳头砸下来了

在我们匆匆下车跑向蒙古包的间隙

风掀翻了雨伞

雨包裹了我们

如此短暂的一刻天地骤变

仿佛被成吉思汗训练过的骑兵团

以迅雷不及掩耳之势

洗劫了我们

2016-08-23 于北京

孝庄园之夜，天似穹庐

那夜我走出蒙古包

被穹庐形的天空吓了一跳

站在孝庄园圆形广场正中

我明确感到

这里

是世界的中心

遥远的地平线连成一个巨大的穹庐

我

站在世界的中心

想那个敕勒歌者

一定也曾站在此处被天象激励

瞬间参悟天地秘密

我微微闭上眼

心里涌上一阵酸楚

2016-08-23 于北京

东湖的鱼

早晨还在东湖游动的鱼
中午躺到我们的圆木桌变成我们的盘中餐

我们也是一尾尾鱼在天地间游动
最终将躺到大地的圆木桌成为大地的盘中餐

2016-08-23 于北京

工艺（年新作）

阳光只有洒遍草原才叫尽兴

临近黄昏

即将坠落的夕阳挣扎出云层

阴霾消散

敖包亮了

五颜六色的经幡亮了

草原镀上金光

天地瞬间开阔

姑娘们喊着一二三

跳

摄影师抓住她们的跳了

面容放光的姑娘

披着金黄的长发

一二三

跳

2016-08-23 于北京

科尔沁草原一夜

夜晚，在科尔沁草原，露水打湿了你的裙摆
你朝向月亮的行进最终被宣布此路不通

2016-08-23 于北京

哈达（刘若茜作）

科尔沁草原之晨

清晨 5 点

你走出蒙古包，被此生从未见过的浓雾包围

天地苍茫啊，牧马汉子清瘦的脸在你眼前一晃

骑马吗？他问

你摇了摇头，你想说

我要腾云，驾雾，把迄今最爱的内蒙古走遍

2016-08-23 于北京

画室（萨出日拉图作）

083

孝庄园，篝火之夜

（给张玉磬）

秋色荒凉

孝庄园里

篝火燃起

月亮的独眼清冽

看着你

看着我

来自民间的

蒙古族歌手

蒙古族乐手

赠我们以歌

赠我们以乐

秋色深沉

篝火未尽

乡亲星散

演出已毕

我们被疲惫驱赶

如一群觅家游子

布木布泰

快把我们送回酒店

快把我们送进梦乡

2016-08-23 于北京

在宝古图沙漠

退伍兵

把越野车开得飞快

一会儿冲下坡

一会儿冲上坡

了不起的越野车在沙漠里飞奔

竟不翻倒

我们在越野车里尖叫

欢呼

竟不怕死

相比于越野车的狂野

沙漠上不急不缓的骆驼更不靠谱

它跪伏于地时那么卑微

挺身而起时又那么高傲

2016-08-23 于北京

夜过辽河

木栈道过辽河
我们也过辽河

昏黄的月儿过了辽河面孔就白了
绝望的云朵过了辽河天光就亮了

蒙古格格塔娜过了辽河
蒙藏历史跟随她的讲述也过了辽河

我过海河过黄河过淮河
过辽河这是平生第一回

2016-08-23 于北京

奈曼怪柳林

我喜欢让人产生联想的地名。譬如奈曼。

它让我想到一个少女婀娜的腰肢和她深邃含情的眼神。她披覆着红纱巾的面孔在正午太阳的光照下散发出迷人的烈焰。连我这样对美比较麻木的女生，也会有一刻的心动。

当我们踏着干燥的泥土路来到奈曼，我生命的词汇表里又增加了一个鲜嫩的名字：奈曼。我必须把它记录下来，这词汇才真正属于我。否则，我拿什么证明我曾来过此地，来过奈曼？

我们此行是冲着怪柳林来的。

或者说，我们此行是冲着"怪"字而来的。

倘无此"怪"，我们不会在长途大巴上铆足了劲一气坐上三个小时而不觉得累。我们的胃口已被吊足，我们心灵的想象力已充分展开。

怪柳怪柳，究竟怎样一个"怪"字了得？

汽车在狭窄的乡间泥土路上停下，胸中藏笔的人鱼贯走出车厢。顶着正午太阳的烈焰，他们朝前走着，怪柳在前，神秘在前。

看见了看见了，那群漆黑面孔的树挺立着枝干，并无一丝绿叶依附在它们身上，它们，就这样光秃着身子，剪影般立在天地之间。

像惊叹号，又像问号，这独特的姿势是它们在用自己独特的方式发声，听得懂不容易，但总归要听出一些什么。譬如此刻，当我用文字回忆它们，我就是在回忆那一刻，我对它们的聆听。

看见了看见了，那群即使躺倒在地也依然有着坚硬骨头的树，依然没有一丝绿叶依附其身，它们，就这样光秃着身了，以令人心惊的线条在大地上写下四个字：我还活着。

是的，我还活着！这是我在奈曼怪柳林听见的最为响亮的四个字。近百年的风霜刀剑，近百年的人为砍伐，我们，献出了我们能献出的。喂牛羊以树叶，喂火焰以枝干，喂狂风以相互挽手的不屈。我们，献出了我们能献出的。

现在我们貌似死了，但我们并未朽去。我们依然在这里，在我们深爱的奈曼，向你们提供，我们活过的证据。

我们因此不死！

2016-08-25 于北京

挤奶舞（圆圆作）

哲里木看赛马

"中国内蒙古第三届国际马术节暨第二十届8·18哲里木赛马节",手上这张座位票上的每个字都认识,却有一个词我不认识。

"哲里木?"既诗意又有哲理,看来像个地名。莫非,是赛马所在地的名字?

哦,原来,哲里木是通辽的前身,以1999年10月为界,之前叫哲里木盟,之后称通辽市。

也罢,通辽也不错,辽河通过的城市。

再烈的日头也不怕的我,遇上了再小的雨丝也烦乱的天。

找到自己的座位坐下,湿漉漉的感觉不好受。广播响起,这才知道,即将到来的是平生第一次。平生第一次,我参加了赛马节运动会。

运动员进场仪式开始了。

一个盟有一个盟的队服,或红或绿,或蓝或黄,均是蒙古族装饰。尤其让人心动的是,他们清一色骑在马背上进场。男人只有骑到马背上才叫男人,我不由得暗暗喝彩。

第一次这么真切地看到这么多男人骑在马背上!

摔跤手们袒胸露乳进场了。壮壮实实的蒙古汉子,经过主席台时手舞足蹈地跳起雄风十足的蒙古舞。嘿,好样的!

我忘记了雨丝带来的烦恼,专心凝视赛马场。

嗒嗒嗒,群马涌进赛场,又酷又帅的马儿尽情跑吧,但套马汉子不答应,他们挥舞着长长的套马杆子,不让它们跑出他们的世界。

赛马开始了!急风暴雨一样往前冲的马儿和马背上直起身的骑手,加油,加油,男人只有在马背上才叫男人!

突然间,我们的视线被一簇围拢的人群吸引过去了。哎呀,赛马手摔在地上了,我们甚至没有看清他怎么摔在地上他就已经摔在地上了,我们只看见那匹枣红马径直往前冲,马背上空空荡荡,它会取得冠军吗?存疑。

　　现在我们看见摔下来的那个赛马手了，他一动也不动，救护车，救护车快来，他被抬上救护车时一动也不动。

　　离开赛马场，我的脑中萦回着的，始终是那匹空荡着马背的枣红马，和那个摔倒在地一动也不动的赛马手。

2016-08-25 于北京

家乡科尔沁（张洪铭作）

阿拉善

ALASHAN

世界某地，有一个城市叫阿拉善

我从天而降
一落地
就到河西走廊

我蜷缩在中巴车一角
遍寻不见
骑马的先人
骑骆驼的先人
只有阳光照我眼
照荒漠旷阔
一丘一丘小土堆
浑圆，连绵
时已初冬
骆驼草衰败发黄
依然喂养着
这一匹
那一匹，骆驼

世界某地
有一座城市叫阿拉善
有一个人
有一群人
要在生命中的某个节点
来此与它相认

并且说

这地方

我确曾来过

2017-10-11

惊慌的奶牛（焦诗涵作）

醒在巴丹吉林

空气大好

每次醒来

都不舍得入睡

夜之巴丹吉林

紫荆花关闭花房

我们在悄悄写诗

空无一人的雅布赖大街

群星走动

往前撞上祁连山

往后撞上龙首山

巴丹吉林小城

适合一个人茫然地游走

适合一个人背着一个人

把你的寂静打破

2017-10-11

每一个西部小城，都有它神秘的一面

这一日我又行走在

夕光中的西部小城

巴丹吉林

巴丹吉林

大街宽阔而明亮

紫荆花摇摆着，在风中，它们

紧紧偎依，满眼皆是壮丽紫色

行人寥寥

紧闭的街铺让我们诧异

人都到哪去了

每一个西部小城

在夕光中都有它神秘的一面

静谧安详的一面

巴丹吉林

巴丹吉林

仿佛传说中的某座城

从古籍中走出

邀请我

再次充当它的作者

2017-10-11

096

太阳从雅布赖山升起

在阿拉善右旗
十号车师傅马中武有把握地说
太阳从雅布赖山升起
我看了看窗外
被射进窗户的阳光晃眯了眼
呀
太阳真的从雅布赖山升起
虽然一开始我并不知道此山姓名
直到马师傅不痛快了：
"这么有名的山你都不知道
你从哪里来的？
你不知道太阳从雅布赖山升起吗？"

2017-10-11

在省道 317

戈壁并不足够大

阿拉善右旗苍茫大地苍茫戈壁

被雅布赖山脉环绕

被人类从中破开

修建出省道 317

往前，往前

十号车一直往前

一直把雅布赖山往后推

尽头一直在尽头处延展

苍天圣地阿拉善

阿拉善右旗

太阳在上

太阳把戈壁晒熟了

小馒头式的小土堆

一片焦黄，暖洋洋

在省道 317 两旁

2017-10-11

阿右旗戈壁

阿右旗戈壁

你愿意这么大就这么大

你愿意我睡了一觉还在你身上

就在你身上

你愿意十号车一直跑你也一直跑

那就跑吧

戈壁，阿右旗戈壁

一直向太阳落下的地方跑

跑累了就让骆驼驮着你跑

跑累了就让我们的越野车拉着你跑！

2017-10-11

初冬，上曼德拉山

奔腾的火焰

奔腾的火焰带着我一路狂奔

来到曼德拉山

眼前只见一片洪荒之景

只一步

我就踏进大荒山无稽涯

群岩破碎却不坍塌

其奥妙何在

放眼四望，遍野的牛羊马骆驼被关进

玄武岩里

玄武岩来自何处

我叩询那一双双驱赶牛羊马

骆驼进石头的手

曼德拉回答我它就在你手上

2017-10-11

乌鸦的眼睛

(给布仁孟和)

骆驼胖墩墩的驼峰把我们引到此处

乌鸦的眼睛，你的居所之名，在三个井村

在阿拉善右旗

我们在此品尝羊肉，纯正的气息就像你的人生

布仁孟和

你有两万三千亩草场

你辞职回家读书写诗

接待四方嘉宾

于是我来到了你这里

我看到乌鸦的眼睛在戈壁巡视

叼食起广漠的诗意

布仁孟和

请等等我

请等等我，在你骆驼和群羊构筑的蒙古包里

把我柔软的诗篇

浸泡在你野生的诗篇里

2017-10-11

布仁孟和草场

越野车加大马力

开足两小时也开不出

布仁孟和草场

两万三千亩啊

我的词汇库不争气，又冒出一望无际

布仁孟和

老天眷顾

给阳光给雨水给你

一簇簇芨芨草骆驼草

给你浪漫的情怀，依旧

不羁的猛兽之心，自由

你从城市退回草场

像陶渊明从官场退回南山

布仁孟和

我想在你的草场野草一般疯长

我虚弱的身体需要你的草场锻造

2017-10-11

曼德拉岩画

它们被铁笼子围起
每一块有岩画的岩石
都住进了铁笼子的家
那些个牛啊羊啊马啊骆驼啊
在岩石上栖身已有万年
它们淋过旧石器时代的雨
晒过新石器时代的太阳
它们被刻在石头上
比刻它们的人活得久
但也终将敌不过时间的磨损
我在有生之年得以到此一游
终归与它们有这一面之缘
它们将比我活得长久
但也不可能万世安好

2017-10-11

在曼德拉朗诵曼德拉诗篇

今天

群岩静默

曼德拉岩画静默

岩画中的万物被曼德拉神

召唤出来

一起聆听

我们朗诵，曼德拉诗篇

为了这场聆听

曼德拉褪下海水浩瀚的盛装

只以岩石呈现已经有亿万年

我

我们

在曼德拉山上

向苍天向圣地

朗诵曼德拉诗篇

阳光热烈鼓掌

奖励我们以百兽齐舞

以微风荡漾

以灵感

2017-10-11

从苏亥赛到乌库础鲁

我们来到了地球之外

此生不曾见过的神异

包围了我们

戈壁静穆，芨芨草簇簇壮硕

连绵又连绵

无限延伸的戈壁何处是尽头

越野车，你能开得出戈壁的浩瀚吗？

我们来到了地球之外

平地闪现出一群又一群灰黑岩石

以诡异的姿势堆叠

状如骷髅

传说中的魔鬼城将在夜幕降临时显现

但我们已冲出戈壁

但我们已回到人间

2017-10-12

一切能骑的东西我都爱骑

一溜骆驼

被主人打扮得像新郎或新娘

或蹲或站

在巴丹吉林沙漠

我们各自选中我们的伴侣

小心翼翼

在骆驼主人的指引下

手脚并用

姿势笨拙

跨上我们的新郎

或新娘

骆驼骆驼不要怪我

一切能骑的东西我都爱骑

不信你问问康西草原的马

不信你问问泰国曼谷的象

如果雅布赖镇的公鸡能骑

我一定一跃而上

让它带我

飞遍内蒙古

2017-10-12

银河从雅布赖镇流过

银河从哪里流过

我不知道

有 20 年了吧

我没看到银河

连星星都紧缺稀罕的北京上空

我没看到银河

昨夜在雅盐宾馆

我和娜仁都被神秘的星象震住了

我们看到

群星放射

或长或短的光焰

就像每个人或长或短的一生

有几分钟我呼吸不畅

那星中之星构成的星群名之为银河的

就在我们仰望的雅布赖镇天上

2017-10-12

在阿右旗想到一个大问题

骆驼们脚步轻盈

奔跑在巴丹吉林草场上

清一色褐黄卷毛的骆驼

晃动着胖乎乎的屁股

在我们的注视下向太阳跑去

我叫骆驼只是骆驼

在我眼里

一百只骆驼都是同一只骆驼

昨天开会我听到恩克哈达说

他奶奶给家里一百只羊都取了名字

就像养了一百个孩子，她能一一叫出

在阿拉善，每个牧民都有这个本事

我暗暗地想

当你和羊，和骆驼

建立了血亲般的感情

你如何宰杀它们？

2017-10-13

肩胛骨

蒙古语语境里

肩胛骨是神物

宴席上有多少人

肩胛骨的肉就必须用小刀切割成

多少份

一一分给在座各位

此时肩胛骨象征吉祥团结

肩胛骨也是占卜灵器

家事国事天下事

事事占卜

要小心敌人偷走你家的肩胛骨

小心他们从你家的肩胛骨考察出

你家草场的面积

草场的丰歉

牛羊的数量

人口的衰盛

小心敌人在肩胛骨上作法施巫术

要看好你家牛羊骆驼的肩胛骨

也要看好你身上的肩胛骨

2017-10-14

讲解员说蒙古族人用肩胛骨占卜

马英拍了拍我的左肩胛骨

嗯，北京城今年风调雨顺

在阿右旗博物馆马英又拍了拍

我的右肩胛骨：嗯，不厌居安琪

正进入诗歌创作枯竭期

需曼德拉山神助你一臂之力！

2017-10-14

快乐童年（朱文丽作）

如何为曼德拉山岩画命名

我们请来了幼儿园小朋友

让他们说出第一印象

他们说什么就是什么

阿右旗博物馆如是做

2017-10-14

妈妈的温情（卢圣元作）

我错失了创造文物的机会

曼德拉山岩画时间跨度很长

从新石器时代一直到元明清

解放初期有一个牧民老大爷

没事也经常去刻

2017-10-14

马（海玉作）

巴丹吉林沙漠，巴丹吉林湖

幽光闪闪

深蓝而澄澈，越野车把我送上沙坡之巅

我才看见完整的你

金字塔状沙丘环绕地带

竟然有一方又一方海子

巴丹吉林湖

其实也没有可以比喻你的词

和句。

风静，沙黄

那些千里迢迢赶来的阳光

倾倒万吨黄金在你身上

在越野车不曾发明的古代

我迟迟不敢出生

只为了在今日被你看见

巴丹吉林湖！

2017-10-14

额日布盖大峡谷

正午
额日布盖火了
从大峡谷返回的路上
我看见太阳唤醒了额日布盖的血性
与早晨九点它的阴晦全然不同

我在红彤彤的天地间行走
脸上洋溢着大喜悦

2017-10-14

蒙古长调坐大巴穿越巴丹吉林戈壁

太阳从雅布赖山升起

太阳是戈壁的评委、芨芨草的评委

太阳主持万物的婚礼

和葬礼。太阳从不介绍自己

他静静地站在雅布赖山上

面孔发红

他听到瘦弱的蒙古小伙也有壮丽的

声线，他知道再过十年

瘦弱将走向壮硕

这是蒙古少年，血液的方向

大巴穿越巴丹吉林戈壁

蒙古长调在一片鼓掌和叫好声中

悠远绵长地穿越

穿越巴丹吉林戈壁

2018-11-28 于巴丹吉林

长调为何忧郁

图雅，美丽的姑娘

两个孩子的妈妈，一点也不像

两个孩子的妈妈

这么年轻

身材这么好，每天六点起床

迎着太阳的方向奔跑

最先采集到天地之灵气

图雅图雅

你唱耶利亚女郎不如来一曲

蒙古长调

耶利亚女郎太洋气

比不过你的纯天然

耶利亚女郎太奔放

比不过你的大忧郁

长调啊长调，你为何如此忧郁

是草原太过苍茫？

是戈壁太过浩渺？

是大漠太过无垠？

不！是我在自然面前太过渺小

比不上一株芨芨草顽强

2018-11-28

重回曼德拉山

爬上去有爬上去的诗句

我们不爬，就在半山腰，半山腰也有

半山腰的诗句

唐晴你说

你继续说

你怎么不说了？你不说

曼德拉就不属于你，就像

我不写

曼德拉就不属于我

太贫瘠了，人类的词汇，纵使你在

宁夏人民出版社工作

你也找不到更恰切的词来安置

曼德拉山。我们在半山腰感慨

听山顶传来人声

他们和我们

不能为曼德拉山岩画添加一笔

但能为曼德拉山写一首诗

一首伟大的诗：寂静

和荒凉，是它的读者

2018-11-28 于曼德拉山

白杨大道：给爱青

看得见你

扎小辫子的你，看得见

瘦削的

迎风的野花一般

这里一朵

那里一瓣的你

看得见渐渐长大

渐渐沉默的你，从街的这头

到街的那头。苦闷的青春

被白杨树装进

伤痕累累的眼里，从母亲

到外婆，从生到死

雅布赖镇的你！

看得见删了又写的那首诗

你的诗

空无一人的白杨大道

恍惚的你，被星群照耀

星群只在夜里

十一点半出门

你是星群选中的姑娘

拐个弯

就能撞到命运

小麦颜色的姑娘，心头滚动着

热烈

而悲伤的言辞

街灯次第熄灭

在我们所到之处。神秘的星群涌向

白杨大道上空

我们是雅布赖镇不睡的客人

我们要把雅布赖镇带到四方

2018-12-05 于北京

马（于博名作）

把额日布盖大峡谷搬运到北京

——观王铁牛老师画画有感

画布上出现了褐色、红色
画布上出现了额日布盖大峡谷的褐色
红色，颜色就是土石
颜色就是实物

您有时用刷
有时用铲把颜色搬运到画布上，颜色就是
额日布盖大峡谷

颜色太重
压垮了画架，魏政鸿大爷蹲下身
想扶住画架

扶住了画架就是扶住了额日布盖大峡谷
扶住了画架就是扶住了您胸中的大丘壑

但您没让大爷劳累
您一手扶住画架一手搬运额日布盖大峡谷
到您的画布

我在您的身边悄悄使劲——

我心中也有一支笔

120

我心中也有一个画架

我也想把额日布盖大峡谷搬运到画布

我也想把额日布盖大峡谷搬运到北京

2018-12-05 于北京

马儿饿了（罗昊作）

寂静与喧哗

——给曼德拉山岩画守护人魏政鸿

风声呜呜如哭泣这戈壁

为何还是显得寂静？寂静，寂静

天地大寂静都归你所有

18平方公里数以万计的岩石

岩石上悲鸣的马、鹿、岩羊、骆驼

高空展翅的雄鹰、猎人张满的弓弦

生育的妇人

庇佑万物的佛塔……

统统归你所有！

你是曼德拉山寂静的守护人

你守护寂静

并在寂静的引导下看见岩画上的万物

奔腾

六千年了，它们一直活在岩石上

它们自成一个世界

你是这个喧哗世界寂静的

寂静的守护人！

2018-12-30

巴丹吉林之夜

（给杨森君）

街灯熄灭的时候

下凡的星星们陆续回到天上

它们

各自找到各自的位置，如此准确

尽职，白天遍布巴丹吉林商铺的

玛瑙石

绿碧玉们，一一回到

大熊星座

猎户星座

被你翻来覆去抚摸过又最终放回筐里的

那颗，最亮的那颗，也回到了天上

它的名字叫

月亮！

2018-12-30

在射洪子昂故里重逢恩克哈达

他在射洪
看着屏幕上的那个自己双手捧着哈达
述说陈子昂与额济纳的历史，述说对
子昂故乡的祝福。他来自
额济纳，子昂诗中的边地——

边地无芳树，莺声忽听新

在这首题为
《居延海树闻莺同作》的诗中，陈子昂
写到了对故乡春天的怀想。居延即为
他的生活之地额济纳

现在，他来到了射洪，代表陈子昂
短暂一生所经历过的山川大地一部分来到
子昂生命的出发地，在子昂气息无处不在
的射洪，他是否嗅到了依稀的额济纳味

我想是的
当他在陈子昂读书台沉静慢行，当他仰首
子昂雕塑手中那只举向苍茫天际的笔，正是这支笔
写下了一首，与额济纳有关的诗篇，他辨认出来了！

2020-11-07 于北京

阿左旗，致马英

不曾去过的地方却有见过一次的朋友
那地方便也仿佛曾经去过。阿左旗！

遥遥的一双手从北京，伸向广宗寺，举着
一颗心敲响那口祈愿的钟，钟声咚咚，祝福你

我的朋友，我用一颗滴血的心祝福你，马英
你自由穿行在汉语和蒙古语之间的身形多么矫捷

你是语言的通灵者、贺兰山原始森林的一棵松
你是马英！立冬这日我用汉语为你写下一首诗

一首友谊的诗等你译成蒙古语念给天鹅湖听、念给
通湖草原听、念给腾格里沙漠听……等仓央嘉措

游历回来回到阿左旗我就能骑上金黄色的骏马
来到你的蒙古高原，就能与恩克哈达和你相聚！

2020-11-07 于北京

125

曼德拉岩画写意（一组）

滴血的方向，也是爱的方向

我耽溺于寻找的快乐

仿佛为的检测我对你的爱

那个漆黑的夜晚

我被驱赶上这块漆黑的玄武岩

我嗅出了你的气息

那独属于你的气息

即使群马乱撞

马上的猎手不断拉紧他们手上的缰绳

不断发出"吁"的吆喝声

我一样能在嘈杂的狩猎现场嗅出你惊恐的眼神

所发散出的悲哀的气息

你是如此怯弱的一只小母羊

我是如此强壮的一只小公羊

那个漆黑的夜晚我在抵达你泪水的最后一瞬

被飞驰而来的弓箭射中

你不会知道

2017-10-17

帐　篷

时至今日

我也不曾在帐篷里看到一层楼

二层楼

三层楼

可那个绘画的先民

竟然在帐篷里建了六层楼

第一层住进六个人

第二层住进七个人

第三层住进三个人

第四层住进两个人

第五层住进一个人

第六层

这最高的一层

我没有看见人

我猜这层是给神住的，也可以给梦想

给希望

2017-10-17

骆驼知道

骆驼知道家在哪里
你在哪里，我们心爱的小儿子在哪里
骆驼知道朝着家的方向走去
你就会为它清洗满身疲惫的褐黄卷毛
我们心爱的小儿子就会喊它扎布扎布
就会抱住它羊一样温驯的头
就会亲它喷着温暖气息的嘴
骆驼知道我也想朝家的方向走去
我也想你
想我们心爱的小儿子
骆驼知道
骆驼什么都知道
它一个劲儿朝前走
朝着家的方向走

2017-10-17

盘羊，盘羊

盘羊有弯曲的角

大弧度弯曲角的盘羊

一只两只三只

被骆驼围住

被烈马围住

马背上的男子拿着弓拿着箭

他们将用死亡来招呼盘羊

他们需要死亡的盘羊来喂养奄奄一息的

一家老小

再把盘羊美丽的角挂在蒙古包外

听它在风中发出呜呜呜的哭泣声

2017-10-17

岩石岩石开开门

越来越近的猎狗的吠叫

越来越近的猎马的嘶鸣

越来越近的尘土

越来越近的

死亡的面孔

正在安然吃草的岩羊、绵羊

和盘羊都顿住了

它们你看看我

我看看你

还能说什么呢，除了

跑

快跑

拼命跑

实在跑不动了

岩石岩石开开门

让我们躲进你家里

岩石开门

岩羊绵羊盘羊跑进去了

谁知道猎狗也跑进去了

猎马也跑进去了

猎马上的猎人

也跑进去了

2017-10-17

谁给他们杀我们的权力

妈妈

那样一个早晨

露水还在芨芨草上晃着晃着

我站在芨芨草面前

等着看露水晃下来

到大地深处捉迷藏

你，和哥哥姐姐们

在不远的戈壁上觅食

偶尔对着刚刚升起的太阳喊一声

你好！

你好，世界

我也悄悄地

随着你们的节奏

在心里喊了一声

妈妈

那样一个早晨

一群人骑着马

腰部挎着弓箭

突然狂冲到我们面前

他们射出尖尖的箭镞

一箭就刺中你的脖子

血

从你的脖子滚滚流出

他们射中哥哥

他们射中姐姐

妈妈

他们又来抓我了

一个扯我角

一个拉我足

妈妈，他们要干什么

妈妈，谁给他们杀我们的权力

2017-10-18

马儿是我的好朋友（魏鑫宇作）

如何回答一只岩羊的提问

作为一个尽职的画家
我自然不能落下戈壁上常见的一幕
猎人们狩猎
为了生存
岩羊们被猎，因为命运
有一只岩羊问我：
为什么
为什么我们必须死
我沉吟半晌：
请让被咀嚼的青草回答你
它现在正在你肚里

2017-10-18

我的鹿角开花了

他先凿出我的身子

好瘦啊，我瘦得只剩一个线条

他再凿出我的前腿

和后腿

他知道我想跑

就凿出不让我跑的造型

我的前腿弯曲

后腿也弯曲

现在，我要凿出你最美的部分

他说

他耐心地凿啊凿

哐哐哐

我的角长出了桦树叶

长出了杨树叶

长出了橡树叶

我的角开花了

他说

可爱的鹿啊，你就在岩石上待着吧

你哪里也别去

想看你的人自然会来看你

2017-10-18

凿 虎

他把我凿成了一只狗

一只皮毛光溜顺滑的狗

一只仰天吠叫的狗

一只笨拙的狗

一只有劲使不出的狗

他说

我的大王

我的大王虎

这戈壁

这抒情诗和叙事诗的戈壁

都属于你

这天地浩瀚这四季轮回

都属于你

2017-10-18

用梦境制造的马

这是我梦见的马

不同凡响的马

它有钢筋的外壳

挡得住风和雨

它有支架纵横的躯体

即使以光速奔驰也不会分崩离析

它的工作就是把曼德拉戈壁的信息带给全世界

有足够的能量支持它完成这艰巨的任务，它一天就能

跑完全世界

因为它是一匹

不同凡响的马

是我

用梦境制造出来的马

2017-10-18

妈妈快放我出来

我在妈妈的肚里已待了 10 个月

妈妈的肚子太小了，已经装不下我

我已经迫不及待想到这个世界看看了

妈妈妈妈

快放我出来，妈妈妈妈快放我出来

我大喊大叫

我拳打脚踢

我不知道这样会弄痛妈妈

我只是个孩子

真的不知道这样会弄痛妈妈

我大喊大叫

妈妈也大喊大叫

我拳打脚踢

妈妈就满地打滚

妈妈说

孩子孩子你别闹

我这就放你出来看世界

2017-10-18

塔与羊

他用大写意的线条

涂一条线，就代表盘羊瘦瘦的身子

涂粗一些，就代表盘羊胖胖的身子

他把这群盘羊安排在一座塔的两侧

把一些牧羊人安排进塔里

这些牧羊人只顾自己在塔里避日

一点儿不管盘羊们在塔外咩咩叫

让我进去

让我进去

太阳晒得实在受不了了

但他说

塔里虽然没有你们不要的太阳

但也没有你们想要的芨芨草啊

2017-10-19

天才画像

上天造人

各有不同

亲爱的们，看我的

我的脑子比你们大

主意比你们多

手

也比你们多出一双

你们看不见的神的手

就在我手上

我

曼德拉山最天才的画家

要画出曼德拉神秘授予我的

伟大的诗篇

画出我们部落的帐篷

草编的竹编的羊皮编的牛皮编的

骆驼皮编的……

画出帐篷里我的母亲你的母亲

我们的母亲

永远不会枯竭的乳汁。画出狩猎的父亲

和可怜的猎物滴血的脖子

和壮硕的肥臀。画出我们忠实的老狗

这最早归顺于人类的爱物

画出高高在上的太阳（只有在曼德拉

太阳才能照耀得这么痛快）

画出月亮宁静的面容，这眼神忧戚的美女

一直在天上，为的每当我孤寂时可以抬头

和她说心里话

如你所知，最后我要画出我

一个悲伤的天才和他控制不住的疯与癫

2017-10-19

蒙古包（周芳菲作）

野牦牛

我本是

曼德拉山散淡的一块石

我不记得什么时候来到曼德拉山

也不记得怎么来的

谁带我来的

我一睁眼就在曼德拉山上

就看见一块又一块

我的石头兄弟

我们在这里晒太阳晒月亮

风沙把我们弄脏

雨水又把我们清洗

冬天到了

我们就长长地睡它一觉

扯大雪的棉被盖上

我已这样活了千年

活了万年

我不知道我的名字

直到有一天你来了

你在我身上敲敲打打

我痛得直哭

流下了石屑的泪

你说好了

野牦牛

我方才知道

我原来就叫

野牦牛

2017-10-19

蒙古族女孩（梦云作）

部落械斗

那一天

我亲手将一支长矛

刺进了我兄弟的喉咙

他不是我的亲兄弟

却胜过的亲兄弟

我们一起在巴丹吉林戈壁放牧

一起唱草原牧歌

一起看月亮

数星星

他曾经救我于虎口下

正当我绝望等死之际

巴丹吉林神作证

我们在灿烂的阳光下结拜为兄弟，但那一天

我亲手将那支长矛

刺进了我兄弟的喉咙

我的部落

和我兄弟的部落

为了这一片寸草不生的土地

竟然发生了械斗

我的族长命我们

不顾生死

一定要取得战斗的胜利

我的兄弟

混乱中我刺死了你

我刺死了你

我用你的血

在漆黑的玄武岩上画下这场械斗

这残酷的械斗取走了你的性命

也将取走我的性命

画完这幅画

我就去死

我要用这把刺死你的长矛

刺死我自己

2017-10-19

梦乡（林佳悦作）

万物奔腾

我们看不见上帝
但看见了他放置万物于同一空间的神力
我们看不见画家
但看见了他放置万物于同一块岩石的神力
在曼德拉山某一块群聚着牛
羊马骆驼雄鹰猎人弓箭……的玄武岩上
我看见了隐身画家被磨利的手
被汹涌而至的灵感激荡的心房
他一笔一画
沉毅坚定，把万物放置。我想
上帝就是这个样子的
上帝一定是，这个样子的

2017-10-19

巫者的绝望

有一个巫者

举着双手

从雅布赖山赶到巴丹吉林

他刚在雅布赖山岩石上按下血淋淋的手印

他对着雅布赖山神起誓

我一定能把巴丹吉林的牛啊羊啊马啊

诱骗到雅布赖山

用我强大的巫术

他骑着骆驼

穿过苏亥赛漫长的荒凉

穿过夏拉木漫长的荒凉

穿过海日很漫长的荒凉

穿过希博图漫长的荒凉

穿过，穿过

阿日格楞台

漫长的荒凉

这漫长

又漫长的荒凉

渐渐喂养大了他的绝望

对不起雅布赖山神

我已经绝望得武功俱毁

巫术尽失

2017-10-19

羊的天敌

咄

大胆北山羊

哪里逃

还不快快来受死

我的弓已在你背后

我的箭已射出

就要到达你的臀

这是你最后一次看见苍天在上

这是你最后一次回眸看见你的

天敌

你的天敌不仅有四条腿奔跑的狼

也有两条腿奔跑的人

2017-10-19

我要加大马力去把它抓上来

多么浩瀚的寂寞

我的越野车奔驰在没有边际的戈壁

跑上一个白天也见不到一个人

我感觉我要疯了

我感觉我要疯了

多么浩瀚的寂寞

前面那个大火球它为什么不会把白云

烧起，它为什么不会把雅布赖山烧起

它一直挂在那里

我一直盯着它看

我只是眨了一下眼它就掉了下去

它一掉下去天就黑了

它一掉下去天就冷了

我不喜欢天黑

我不喜欢天冷

我要加大马力去把它抓上来

让它一直挂在高高的天上

一直！

2017-10-19

猎者与羊

向曼德拉山再走几步

就会看见他们狩猎的身影

正午的阳光倾泻戈壁

戈壁浩瀚，不藏秘密

逃无可逃的岩羊、盘羊、北山羊

逃无可逃的命运

这万物的法则不以群羊的意志为转移

也不以猎者的意志为转移——

你忍得住弓箭

却忍不住饥饿

2017-10-21

骑者与羊

马蹄卷起狂沙
使一只觅食的羊听到大地的心跳
和自己的心跳

猎人在马上吆喝
弓箭在马上吆喝

山羊向北
一路奔逃
但愿它的蹄儿能借到天神的助力
但愿它的蹄儿能借到天神的助力

2017-10-21

鹿棋与骑者

皓月当空的夜晚
两个阿拉善人会骑着矫健的神鹿
来曼德拉下棋
以戈壁为棋盘
以玄武岩为棋子

两头神鹿
一头叫旧石器
一头叫新石器
两个阿拉善人，一个叫你
一个叫我

2017-10-21

151

生育图

那个夏天的傍晚
太阳在曼德拉山迟迟不肯落下

它通红的脸模糊了时间与时间的界限
这是注定要发生大事的一个重要日子

骆驼皮上的母亲
她的身子与滋生万物的大地平行
与众神的天空平行

那使母亲孕育的是种族繁衍的希望
血泪交织的啼哭声回荡在曼德拉戈壁

新月浮现，像母亲浅浅的笑
篝火噼啪中我们唱起欢乐的祝颂词

2017-10-21

鹿

一只梅花鹿

一只美丽的梅花鹿

向树阿姨借来树枝树叶顶在角上

昂首阔步

行走在曼德拉戈壁上

它要去参加诗歌那达慕

它胸中有满满的激情，脑中有澎湃的诗句

它彻夜不眠写出的曼德拉诗篇

将由它自己朗诵

2017-10-22

虎

一块黑褐色玄武石

混居于曼德拉群山中一堆玄武石里

不甘于自己平凡的命运

每个夜晚

众石沉睡

这块黑褐色玄武石便悄悄起身

来到星光朗照的曼德拉戈壁

不断打滚

磨砺

直到露出平整的一面

有一天一个匠人来到它面前

说

此石甚好

适宜栖身一只虎

2017-10-22

猎岩羊

醒来，已在羊圈
那抓扯它前腿和后脚的手
已不见踪迹

恐惧的梦
在岩羊闭上眼的瞬刻复活
那么好的天光
草场
这一切曾被岩羊认为理所当然

没有想到的是
理所当然也会有猎人策骑猎马
一路杀来，偶尔有一些箭镞
射向戈壁
但更多的箭镞总是目标准确
射向岩羊

于猎人
猎岩羊是赚取活命的口食
兼户外运动。于猎马
猎岩羊是身不由己的卷入
和听命。于岩羊
则是一连串的不解
和宿命

2017-10-22

猎岩羊谣

大雪已要封山
岩羊啊，我骑着猎马接你来了
我骑着猎马带着弓箭接你来了

大雪已要封山
戈壁已住不下一棵草
岩羊啊
你的口粮在我的羊圈里
你的口粮在我的帐篷里

大雪大雪就要来了
岩羊岩羊快快随我离开戈壁
一个拉你腿
一个扯你脚
不跟我回去我不放心
不跟我回去我不放心

2017-10-22

弓箭手

做个优秀的弓箭手

挺直腰板，使头和颈

和身子

和腿

保持在同一直线上

做个优秀的弓箭手

手持大于自己身体的弓，弓上有一枚

大于自己心脏的箭镞

对准天空

拿出后羿射日的劲儿

射中野狼的温柔

射中岩羊的咩叫

射中两万三千亩草场无边的寂静

或者越滚越近的暮色

想得太多不是好事，弓箭手

你只管射，即使被关在岩石里

也要保持射的姿势

2017-10-23

天神的高筒帽

那么

我们启程

去往地球上最偏远的某地

去见没有褶皱的黑岩石

白岩石

褐黄岩石

去打开岩石的硬脑壳

用铁器

和想象力

你是天神

你有高高的高筒帽

你沉默的灵感

饥渴不安的灵感

需要这一片星空眺望的戈壁来收存

巴丹吉林

巴丹吉林

我就在天神的高筒帽里

我从遥远的外太空而来

作为你遗弃在那一世的孤儿

我遵守着我内心的禁忌

和骄傲。我和我的天神

摸遍了巴丹吉林的每一块岩石

留下了我们

摸遍的痕迹

2018-03-23

马与太阳

马

酷似太阳放纵不羁的声线，在曼德拉

自由的戈壁高唱

棕红色的马尾巴依着幻想的节奏舞蹈

舞蹈。你看见了马

浑身的肌肉开始绷紧

你绝对是马选中的猎手。快拿起你的弓箭

有一群狼正在追捕

一群羊

我已收住我的喉咙

我沉默而焦虑的等待只为驱使你

追捕那群狼

2018-03-23

活着的秘密

毫无预兆

岩石突然在我到达时裂开

我的兄弟们继续往前跑

并不知道

我被挡在裂口前

我迅速地收住脚，否则我就将死在

岩石漆黑的喊叫里

主人主人

不要鞭打我，我清楚自身的斤两

我斗不过这块岩石

你也斗不过

前方的厮杀

2018-03-23

骆驼与人

骆驼空荡着驼峰

无所事事地在曼德拉戈壁踱步

一种绝望在它身上生长

如果无物可驮

我的驼峰就不再坚实，骆驼这么想着

朝向人群

彼时的人类尚不知道骆驼可骑

他们惊恐四散

眼睛睁得比骆驼还大

这怪物

这怪物将把我们怎么样

天神在上

看见了这一切

它安排一个画者下凡：把一个人

放置到骆驼的驼峰上

再把这个人和骆驼

放置到一块岩石上

2018-03-23

鹰

鹰飞得再高

也飞不出猎物的视线

奔跑在黄泉路上的岩羊、盘羊

北山羊

发抖的小心脏牢牢捆绑着死亡的绳索

绳索那端

鹰的脚趾牵扯着

鹰飞得快

羊就跑得快

飞得慢羊就跑得慢

求求你让我跑进你的嘴里

我们

真的跑不动了

曼德拉戈壁回响着羊们无助的嘶喊——

灭，灭，灭

2018-03-23

WUHAI 乌海

乌　海

在一种
我无法形容的独自狂喜状态里
飞机降临我最喜欢的内蒙古，这一次
是乌海

无人知道的乌海，匿名的乌海
请保持你的沉默，保持你乌金一样黑油油的
沉默，千百万年了，你用沉默的方式保持了
植物的枝叶
植物的根茎，让它们
在地面上堆积、堆积，成为厚
而又厚的腐殖质
在地壳的变动中不断埋入地下，不断
埋入。让它们与空气隔绝
在高温高压下演变，形成黑色的
可燃沉积岩，称之为
煤

这中间
也许还要加上自然神秘的意志——
选择乌海种下树，一望无际的树，树的
枝叶、树的根茎，千百万年在地面上堆积
堆积，成为厚而又厚的腐殖质
在地壳的变动中不断埋入地下，不断

165

埋入，与空气隔绝，在高温高压下

演变，终于形成黑色的可燃沉积岩

称之为煤——

每一个环节都必不可少

每一个环节都不能有些许闪失，乌海！

千百万年后我来到你的土地上

想到大地深处沉默的乌金，和它漫长

艰辛而又环环相扣的形成期

不禁深感造化的伟大！

2019-09-07

母与子（佳琦作）

从大地的矿脉上长出的杨树

我的目光发亮，宛如杨树
乌海的杨树，每一片叶子都有乌金的质地

它们从大地的矿脉上长出
身上流淌着死去的树们复活的热血，它们
热爱阳光、热爱人间，这热爱，和地底下
的远祖是一致的

一群树埋入地底，成为煤
便会有另一群树从地底，探出头来，成为埋入
地底的远祖的今生
现在我们看到的杨树，即是如此

乌海的杨树
和我看到过的别处的杨树，截然不同
它的每张面孔，都黑油油的
它的每片叶子，都写着乌字，乌海的乌

它们列队站在乌海机场到
兴泰蓝海名都假日酒店的路上，疾驰的
中巴上双眼紧盯着黝黑杨树叶子的那个人
就是我
我有很多问题想问杨树，譬如煤的秘密

血的秘密，时间的秘密，大地的秘密

永恒宇宙是否可能……的秘密

2019-09-07

牧马人（朝鲁门作）

长河与落日

我们的目光不是钉子，不足以

把落日，钉在遥远的天幕上。谁的目光

也不是钉子，王维的也不是

更何况长河在不出声地召唤，用着只有

落日才懂的语言。长河和落日是什么关系

为什么落日越靠近长河

脸越红

为什么长河也跟着脸红

我们纷纷拿起手机，只能这样了

把落日装进手机

把长河装进手机

把落日与长河的亲密关系装进手机

我们不是王维

不能用一首诗把落日装进

把长河装进，把落日与长河的亲密关系

装进。我们不是王维

没有孤独地行进在西行路上

也没有一群守卫边疆的士兵等我们慰问

我们从天上来

来此乌海，寻找王维的长河，寻找

王维的落日，寻找王维的

长河落日圆

烽火台正在修补

烽烟无法修补，所以我们看不到孤烟直直上升

169

我们被冀晓青领着来到乌海湖畔

乌海湖截黄河之水而成，因此乌海湖也是黄河

黄河也是长河

我们就在乌海湖畔看王维的落日如何落进

王维的长河，因为《使至塞上》

唐开元二十五年

亦即公元 737 年春天某日的那枚落日

一直悬挂在乌海湖上

至今不曾落下

2019-09-07

牧牛（高英岭作）

乌海湖的落日

乌海湖藏着一条河，黄河

乌海湖藏着一个圆，落日

乌海湖藏着一个人，王维

我们到达乌海湖的时候

落日雄浑、金黄，光芒不足以杀伤我们的眼

却足以染红整个湖面

它经得起我们的盯视

不欣喜，也不悲伤

它沉默，全然不理我们的喧哗

这是王维定制的落日

这是王维在乌海湖上看见并搬运到诗中的落日

乌海湖的落日！

携带着恒久而寂寞的文字密码

以湖为纸，书写壮丽辽阔诗篇

2019-09-08

乌海湖

快艇在水面驰行，一顿一顿的
奇异而不适的感觉，仿佛水面已经凝固
只有偶尔溅上脸颊和眼镜的浪花表明
我们的确是在，乌海湖上

截黄河水而成的乌海湖
总面积 118 平方公里，借用叶圣陶句式
无论你在乌海的哪个角落，眼前出现的
总是一幅完美的图画

乌海，乌海湖
芦苇因你茂盛，飞鸟因你聚集，黑色的
小鱼喜滋滋地摆动着细瘦鱼尾，在一朵
又一朵白云的倒影间穿行，荷叶们三三两两

每一簇随机的组合，都那么和谐，富于美感
乌海，乌海湖，偶然到来的我、我们，只是
你短暂的过客，长久陪伴你的，是甘德尔山
棱角分明的线条，是甘德尔山顶青铜浇筑的

成吉思汗像

2019-09-08

172

如果有一天你到乌兰布和沙漠

那一刻我感觉我的心脏病要犯了

但我并没有心脏病，我这样安慰自己。但或许

心脏会跳出体外

或碎裂！有一个声音这么说

那一刻我张口叫喊，惊慌失措

啊——

但一把黄沙飞来，我磕磕牙齿嘎嘎作响

我只好紧闭双唇，再大的恐惧也只能咽进肚里

巴吉巴吉

前面又有一堵黄沙墙冲了过来，你只要稍有迟疑

速度放慢，马上就会撞倒在黄沙墙下

巴吉巴吉，90度的悬崖你就这样扑下去，全然不顾

我瞬间失重？

这痛苦的体验何时是个尽头？我后悔

后悔登上巴吉但前路漫漫

我必须撑住，只要巴吉不停

我就必须撑住

乌兰布和，你的凶险

超出此前我经历的一切沙漠

当我从巴吉下来，我脚步踉跄

面色苍白

却没忘了用手机发个微信——

如果有一天

你到乌兰布和，一定要乘坐巴吉在沙漠冲浪！

2019-09-08

牧人（王鑫鑫作）

乌海，篝火之夜随想

每一粒火星都想点燃这个夜晚
如果再加上爱的狂野。我爱乌海之夜
众多逃逸火星滚动着
一路奔向黄河的身姿和它们天真
浪漫的一生，一生即一瞬！

我爱篝火
爱树枝燃烧的壮烈风景，唯有篝火
才是篝火之夜的主角。诗和歌，乃至我们
乃至西行流过乌海的黄河（黄河在乌海
有短暂的西行），都是这个夜晚的配角

天地静默，唯篝火噼啪
再热烈一点，这辉煌的舞蹈！
我看见每一株火苗都争先恐后探出树枝
以必死的勇气。我看见美，在美中生成
毁灭。这刹那之美，用尽了树枝们成长的
漫长时日

我想到我立足的这片土地
和它的乌金之海。那煤层
与煤层互相挤压的力量，沉毅！那树枝
与树枝历经千百万年演变而成的生命体
这自然的伟业！篝火之夜，我想到人类

175

和自然所达成的和谐是可能的——

当大河、大湖、大山、大漠、大湿地
齐聚乌海

2019-09-09

牧人（苏日娜作）

二道坎，明烽火台

二道坎
有一座烽火台
一面完好，一面塌陷，又一面
工人师傅架起脚手架
正在维修

秋阳热烈
依旧晒得痛脸颊，秋风凶猛
无遮无拦，大漠的秋风，刮倒过二道坎
明烽火台

工人师傅架起脚手架
这尚未失传的手艺，明代的师傅们也干过

孤零零的烽火台
在乌海，在大漠，从前作为军事要地
现在作为风景

秋阳热烈
秋风凶猛，唯有它们
亘古如斯

2019-09-09

如果我不能为甘德尔山写一首诗

为甘德尔山写一首诗比

为甘德尔山建一尊塑像难吗？整个下午

我被这个问题所困扰

答案是，难。

建一尊塑像是有中生有，而

写一首诗是无中生有，乌海有言

敢于无中生万有，能凭海阔纳百川

我到了乌海

如果不能为甘德尔山写一首诗

我将羞愧难当

在乌海，无论沿湖散步，还是过黄河大桥

无论在满巴拉僧庙朝拜药师佛

还是在吉奥尼酒庄品红色温柔

只要抬头，迎接你的

必然是甘德尔山，哈达一样的山脉

蜿蜒起伏

你走在哪里，都走在它的视线里

每个乌海人一开门就见到甘德尔山

我一生中的三天是乌海人

如果我不能为甘德尔山写一首诗

我将无法证明

我去过乌海，是的，我真的

去过乌海，甘德尔山！

2019-09-09

牧羊姑娘（乌吉斯古楞作）

乌海时间

即将结束

乌海时间的此刻，我感到悲伤

我知道放下笔，我就将走出乌海时间

一生中有三个日夜在乌海

有三个日夜在写乌海，于是我有了

完整的六个日夜的乌海时间。再见

乌金发亮的杨树叶，再见

黄河流经乌海被截留出的一个湖：

乌海湖。再见

六千米笔直而长的大桥：

乌海湖大桥。再见，甘德尔

灰褐山岩裸呈而出的大写意线条以及

矗立山顶的全世界最高

最大的成吉思汗青铜像。再见

吉奥尼酒庄的葡萄

我前半生吃过的葡萄的总和

都比不过在你这儿吃的全部。你的

葡萄不酸牙！

再见，西行的黄河

全中国唯一西行的黄河！再见

北方的海南

北方也有一个海南，乌海的海南

再见，龙游湾

国家湿地公园湖水边照亮自己的芦苇

夕光中，你是我见到过的最美的芦苇

你把秋风

抱在怀里摇荡的样子像我亲爱的妈妈

再见，满巴拉僧庙

面容严峻的青年僧人，遵从您

严肃指令，我们没有拍照，甚至连手机

也不曾拿在手上。再见

蒙医博物馆的植物姐妹们

你们治病救人的事迹已被画成图案

张挂在墙上。再见，乌海

我当然还会再来

这里有我的诗歌兄弟们：西凉，请备好

你的越野车，当我重临，请带我

穿越乌兰布和沙漠一直到世界尽头！

2019-09-09

"这不是一场奇遇，而是重认"

安琪

1990 年代初，捷克作家米兰·昆德拉风靡中国，他的许多小说成为那一时期中国文化人的枕边书。其中有一本获得的共鸣度最大，那就是《生活在别处》。"生活在别处"是法国象征主义诗人兰波的一句名言，表达的是对现实种种的拒斥和对别处生活的浪漫主义幻想，别处的生活永远超乎此处之上。是的，我们总是站在此处遥望别处的生活，却不曾想，当我们真正到了别处，别处又成了此处，种种腻烦又会笼罩我们。海子有诗"远方除了遥远一无所有"，说的就是远方幻象的破灭。远方亦即别处。一代人以自己的经历验证了远方的绮丽与平实，熄灭了对远方的热情，另一代人又开启了远方情结，这是永恒的轮回。远方，永远有它不断的追随者，远方也是对每一个青春中人不灭的召唤。

我就是这样一个以远方为目标不断奔赴的人，时至今日我依然认为，远方是诗意的发生地。当然，我也知道这不是根本，诗歌写作不能依凭远方的激励，它必须自己能生出力量，诗歌必须自己成为远方。每一首未经写出的诗就是你的远方。你的远方永远是下一首。

但内蒙古又确确实实是我常去常新、永远能提供给我创作动力的远方，仿佛我的下一首诗一直在内蒙古等我。2005 年 10 月，我第一次到呼和浩特市就喜欢上了这片土地，是那种整个场域的喜欢，那次呼市行我没有到草原，但单纯那深蓝透亮的天空、团团滚滚的白云，单纯那视野的旷阔、呼吸的清朗，就足以让我呼吸到不同于我所到过的其他城市的气息。回京后我写了一组诗，压也

182

压不住的激情。2015 年 6 月，时隔十年我第二次到内蒙古，这一次是阿尔山。满眼看不过来的景，让人想默默流泪，神秘之境啊！我又一次体验到了内心深处涌上来的迷醉和感动，切身感受到活着的美好，因为有如此山川供你沉浸。也许是对内蒙古的爱得到上天的感应，之后每年我都得到机会重返这片瑰丽殊异的土地：鄂尔多斯、科尔沁、阿拉善右旗、乌海。这几年，我走南闯北也到过不少地方，但最喜欢的还是内蒙古。我出生成长于福建漳州，福建的气候、地貌和城市构造跟中原省份差别不大，但跟内蒙古差别就非常大了，内蒙古对我而言有完全不同的视觉感观和心灵冲撞。每次到内蒙古我都能有一大组诗作，哗哗哗流泻出来。借用诗人侯马《祖国的天空》一文中的话，就是"内蒙太美了，太波澜壮阔了，我必须用世界级的眼光打量这世界级的景观和历史"。内蒙古是一个能给人丰厚诗歌灵感的神奇之地。

不到内蒙古，不知道神住在什么地方；不到内蒙古，不懂得要仰望天空。浩瀚又浩瀚的蓝天、草原、森林、戈壁……总是让我无言，在伟大的自然面前，语言何其贫乏。作为诗人，我也只能尽力书写出我心中的感慨。不知不觉地，一个异乡人，竟然为内蒙古写出了一部诗集，这是尘世麻木的心灵在这片纯净的土地上复活的证据。"这不是一场奇遇，而是重认"，诗人广子如是说。之于广子，内蒙古是他今生的家园；之于我，内蒙古是我某一世的故乡。一定是这样。

感谢我的老友赵卡为此书作序，他是我心目中百科全书型的作家。感谢"科尔沁诗人节"发起人兼总策划、女诗人布木布泰为本书提供了深具内蒙古地域风情的"科尔沁版画"，感谢科尔沁青少年艺术社区及"科尔沁版画"711 迷你画廊版画作者的倾情奉献。感谢成就此书的内蒙古人民出版社，感谢本书责任编辑的辛苦付出！

感谢内蒙古！

2020-07-25